光文社文庫

刹那に似てせつなく
新装版

唯川　恵

光　文　社

目次

刹那に似てせつなく

響子

その日は朝から風が強く、見上げると、空を駆けるように雲が流れて行った。

初夏の雲はあくまで軽く、まるで存在そのものを早く消してしまおうと望んでいるかのように儚《はかな》い。雲が途切れる度、日差しはいく筋も街を横切り、ビルも車も人も明暗の帯に縛られていく。

しかし、地下二階にあるこのロッカー室に天候など関係なかった。ここにはいつも同じ湿気と埃《ほこり》が舞っている。その匂いはどこか卑屈さを感じさせるが、慣れればそう悪いものでもない。

並木《なみき》響子《きょうこ》はいつもと同じように、マスクをかけ、掃除用具一式を手にして、廊下に出た。今日は社の創立記念日で仕事は休みなのだが、社内で特別な行事が催され、駆り出されたのだ。しかし、その慌ただしさは、響子にとって願ってもない状況だった。

駐車場のドアを横目で見ながら、裏階段へと向かう途中、守衛の角山《かくやま》と顔を合わせた。

「お疲れさま。今日は大変ですね」

響子は愛想よい笑顔で声をかける。角山は横目で響子を一瞥すると、面倒臭そうに「ああ」と答えた。角山は七十歳に近い古参の守衛だ。響子がこの藤森産業《ふじもりさんぎょう》に清掃員として雇われた一年前には、すでに六年、ここにいた。守衛室は一階の裏口と、この地下二階の駐車場のふたつある。角山は今日、駐車場の方に回るようだ。

笑ったところを見たことがない老人だった。以前はそれなりの会社で、それなりの役職についていたらしいが、定年退職と同時に妻は退職金の半分と共に家を出て行った。それから生活は荒《すさ》んだものになったらしい。もともと横柄で居丈高の傾向があり、結局、再就職先でもうまくいかず、すぐに辞めてしまい、それから人との付き合いのない守衛の仕事についたと聞いている。

そういった噂話は、清掃員の間ではすぐに広まる。同様に、会社の社員や役員たちのスキャンダルから機密事項まで、すべて同じレベルの噂話として、清掃員たちは実によく知っていた。

いつもなら業務用のエレベーターを使うのだが、それはやめて裏階段を上がってゆく。今日はいつもと違い、秘書室の社員やケータリングの出入りで混雑するのはわかっている。今日、五階のホールで、午後二時から副社長の就任パーティが行なわれることになっていた。

就任するのは、現社長、藤森功一郎《ふじもりこういちろう》のひとり息子、佑介《ゆうすけ》である。

佑介は他人の釜の飯を食うという名目で、二年間アメリカに渡っていて、半年ほど前に日本に戻って来たばかりだった。まだ二十七歳という若さだが、帰国するやいなや専務というポストが与えられ、半年後には副社長である。そして今日そのお披露目をしようというのだった。もっとも渡米する前に、すでに資材部長という地位も与えられていた。

響子は腕時計を見た。十二時を少し過ぎたところだ。一週間前、秘書室のゴミ箱から拾ってきたスケジュール表は頭の中にきっちり収まっている。その紙切れを手に入れるために、響子は何度も秘書室にゴミ集めに出向いた。今頃、八階の副社長室で、藤森佑介は就任式までの時間を、取り巻きたちに囲まれながら、談笑しているだろう。

何事もなかったように。そう、あの時のことなど、すべて忘れたように。

藤森産業は、主に食料加工品を扱っている。初代の陣吉《じんきち》は佑介の祖父にあたり、東南アジアの国々から鮪《まぐろ》や鯖《さば》などの冷凍魚を輸入し、それを缶詰にして商売をしていた。しかし、二代目の現社長である功一郎のときに大きく変化した。彼は労働を輸入したのである。いや、正確には輸出したということになる。人件費が高くなり過ぎた日本から、安価な人手が確保できる東南アジアで、原材料確保から加工までのすべてを行なったのだ。その結果、業績は著しく成長した。今ではどの会社もそういった方針を取っているが、先陣を切った功一郎はさらに健康食品、ダイエット食品などにも手を伸ばし、成功を収めた。時流が求めるものを功一郎は実によく知っていた。また子会社を作り、そこでは建設、不動産、ファミリーレストランのチェーン店も展開し始めた。現在、総従業員数二千二百強。実業界の中でも確実に力を持っていた。三代目の佑介には、ＩＴなどを駆使した更なるグローバル展開の推進が期待されている。

響子は階段を登ってゆく。時折り、パーティの手伝いに出勤した一般社員とすれ違うが、いつものごとく、清掃員に目をくれる者などひとりもいない。淡いブルーの木綿の作業服は、彼らにとって壁や廊下の一部のようなものだ。いや、埃や紙屑《かみくず》に近いかもしれない。

この本社ビルには八人の女性清掃員がいる。朝七時から午後三時までが就労時間となっていて、朝は主に各オフィスの床のモップがけとゴミ集めをする。もちろん、重役室はいちばんに行なう。九時の就業時間が過ぎてから、トイレや給湯室、廊下、ロッカー室、会議室、応接室などを回る。ワックス掛けなど、掃除の中でも大がかりなものは三カ月に一度の割合で業者に頼むようになっている。

清掃員たちのほとんどは六十歳前後の年齢だった。みな、さまざまな事情と生活を背負っているようだったが、一様に明るい。響子は今、四十二歳だが、四十七歳とサバをよんでいる。髪を無造作に後ろでまとめ、野暮ったい眼鏡をかけ、化粧気もないやつれた顔は、いくらか若く見える四十七歳だった。鏡を見ると自分でも「老けたな」と思う。この三年の間で、前髪は半分近くが白くなり、目尻にはシワも増えた。体重が十キロばかり落ちたせいもあるだろう。それでも時折り、仕事仲間から「まだ若いのだから、もっと別の仕事があるんじゃない」と言われたりもする。清掃員の中では、四十七歳も十分に若いのだった。

三階の踊り場で、清掃員仲間のひとりと出会った。

「あら、山本《やまもと》さんはどこを回るの？」

「八階です」

響子は短く答えた。声が妙に喉に張りついて出しにくい。やはり緊張しているのかもしれない。

吉岡《よしおか》という気のいい清掃員だった。五年前、夫に先立たれ、その時下りた保険金でそれなりに気楽に暮らせるのだが、すでに子供も独立して、家でじっとしているのは退屈でこの仕事をしているという。

響子はここでは、山本道子《みちこ》という名を通している。平凡で誰もが頭に入れた瞬間、印象を消してしまう名前。清掃員は正式な社員ではないから、提出するのは履歴書だけでいい。

一年前、藤森産業の子会社である清掃サービス会社が、本社ビルの清掃員を募集している広告を見た時、チャンスだと思った。神が与えてくれたチャンス。髪型を変え、化粧をせず、眼鏡とマスクをかければ、山本道子が並木響子であるなどと、気付く者はひとりもいなかった。いや、それでなくても、三年前までの響子を知っている誰かと顔を合わせても、たぶん、今の響子と結びつけられないだろう。人の姿は生活で変わる。この三年、響子自身、身をもって感じていた。

「まったく、会社でパーティなんて、どうしてそんな面倒なことをするのかしら。そんなのホテルか何かでやっちゃえばいいのにねえ」

それに響子は笑って頷《うなず》く。

「まあ、曰《いわ》くつきの息子だから、あんまり派手にするのも何だと思ったのかもしれないわね」

彼女は声をひそめて付け加えた。

「知ってる？　例の事件」

「ええ、まあ少しは……」

響子は曖昧《あいまい》に応えた。

「あら、少しだけなの。いいわ、今度ゆっくり教えてあげる。大変だったんだから。まあ結局はシロって結果になったんだけどね」

ここでは古株の彼女だ、いろいろよく知っている。

「そうそう、今日はご祝儀が出るんですってよ。帰りに何かおいしいものでも食べていかない？」

「そうですね」

「じゃ、あとでロッカー室でね」

「はい」

と答えたものの、たぶん、その約束は果たせない。

吉岡と別れ、響子は八階へとまた裏階段を登り始める。五階まで来た時、少し息が切れて立ち止まった。手にしたバケツに目を落とす。タオルが二枚入っている。その下にあるものに、響子はそっと手を伸ばす。

この日を待っていた。この日のためだけに、この三年を生きて来た。失敗は許されない。八階まで来た時、フロアに出るドアの前に、女性が立っているのが目に入った。いや、女性というには少し若すぎる。まだ女の子と言った方がふさわしい。

その顔に見覚えはなかった。少なくとも秘書室にはいない。一般社員なら制服を着用しているし、だいたい服装からして、とてもここの社員とは思えない。細身のジーンズに、黒っぽいセーター、その上にパーカーを羽織っている。

パーティのためのバンケットガールだろうか。大きめのデイパックを背負っているところを見ると、着替えるつもりかもしれない。案の定、彼女は響子に気がつくと、いくらか困惑した表情で尋ねた。

「おばさん、パーティ会場ってどこ?」

ぞんざいな口のきき方だった。

「五階です」

短く答えた。

「ここは?」

「役員室があるフロアです」

「ふうん、じゃあ今日副社長に就任する藤森佑介っていうのも、この階にいるんだ」

「バンケットサービスの方ですか?」

「まあ、そんなとこ」

「それでしたら、五階に控え室が用意してありますから、そちらにいらしてください」

「あっそ」

女が裏階段を下りてゆく。響子はドアに手をかけてから、振り返った。彼女が踊り場で立ち止まり、こちらを見上げている。響子と目が合うと、ふんと鼻を鳴らし、下りて行った。

響子はフロアに出た。まずは給湯室に入る。誰もいない。手にしたバケツを置いて、タオルの下に手を入れる。冷たい感触が返って来る。真新しい包丁だ。ステンレス製の刃渡り二十センチ。ひと月前に、ホームセンターで買ったものだった。それをタオルに巻いて、作業服のウェストのゴムに挟んだ。

その時、給湯室に誰か入って来た。慌てて振り向くと、主任秘書の端野《はたの》広乃《ひろの》である。彼女は響子を見ると眉をひそめた。

「あなた、何してるの?」

「流し台のお掃除に来ました」

響子は伏目がちに答えた。

「そんなのは明日にして。それよりポットにお水を注《つ》ぎ足《た》しておいてちょうだい。今日はお客さまが多いんだから、何度もこまめにね。それからエレベーター横の灰皿もきれいにしておいて。さっき見たら汚れていたじゃない。今日は何の日だかわかってるんでしょう。ちゃんとやってくれなきゃ困るじゃない」

「すみません」

響子は頭を下げた。端野は冷蔵庫から、ドリンク剤を一本取り出した。きっと佑介のためだろう。響子は黙って、給湯室を出てゆく彼女の後ろ姿を見送った。

端野広乃は秘書室のすべてを取り仕切っている。五十歳をいくつか超えていると思われるが、今も独身を通している。若い頃、現社長・功一郎の愛人であったという話は、仕事仲間から聞いていた。それ故《ゆえ》か、佑介をまるで我が子のように溺愛《できあい》していた。

三年前、響子は彼女と一度会っている。この藤森産業本社ビルの一階ロビーだった。まるでアンドロイドのような冷淡な目をした女だった。しかし、彼女が佑介を「坊っちゃま」と呼ぶ時だけは、声におぞましいような甘美な響きが含まれていたのを覚えている。

端野に言われた通りポットに水を足した。それから灰皿の掃除をしにエレベーターホールへ向かった。その時、廊下のいちばん奥の部屋のドアが開き、数人の背広姿の男たちが姿を現わした。副社長、佑介のいる部屋だ。

「じゃあ後ほど、パーティ会場で」

「就任のスピーチ、楽しみにしてますよ。さぞかしアメリカナイズされているんでしょうな」

屈託ない笑い声がこちらにまで流れて来る。響子は灰皿を掃除しながら、肩越しにその様子を窺《うかが》った。藤森佑介がドアの前に立ち、タキシード姿で笑顔を浮かべている。

「楽しみにしていてください」

ドアが閉められて、五人の男たちがこちらに向かって歩いて来た。響子は軽く会釈をして、吸い殻の入ったバケツを手に給湯室に戻った。

今、副社長室にいるのは佑介と端野のふたりだけだろうか。それとも、まだ他に客はいるのだろうか。

エレベーターは三基ある。給湯室から覗《のぞ》くと、彼らは真ん中を使って下りて行った。八階はエレベーター前に小さなフロアがあり、左に向かうとこの給湯室、トイレ、裏階段、右に行けば秘書室のオフィスだ。小さな受付がひとつあり、今は、今年入社したばかりの女の子が座っている。その前を通り抜けると、奥に続く廊下に沿って、左右に役員室が八部屋並んでいる。

パーティまで一時間と少し。あと三十分もすれば、社長を始め、役員たちが動き始める。もちろん招待客もやって来る。そうすれば、佑介の部屋に必ず顔を覗かせる。人の出入りも激しくなる。やるなら、その前だ。

しかし、今、部屋にいるのは佑介ひとりではない。少なくとも端野がいる。確実な方法をとるためにも誰かがいては困る。一刻も早く、という気持ちはあるが、失敗は許されない。三年待ったのだ。目的は絶対に果たさなくてはならない。

響子は廊下の絨毯《じゅうたん》にクリーナーをかけ始めた。この八階フロアは役員室が並ぶだけあって他とは違い、廊下が分厚い絨毯敷きになっている。ここの掃除は誰もが嫌がった。絨毯が高級なのはいいが、毛足が長くゴミが取りにくい。特に女性秘書たちがトレードマークのように伸ばしている髪の毛がやっかいだった。それでも、今日はかえってそれが有難かった。時間がかかるだけに、じっくりとチャンスを窺える。ここで長く掃除をしていても、誰も不審には思わない。

クリーナーを使いながら秘書室を覗くと、三人の秘書たちがそれぞれに仕事をしていた。十分が過ぎた。副社長室から端野はまだ出て来ない。響子ははやる気持ちを抑えてクリーナーを動かす。そうやって受付の前を過ぎ、廊下の奥へと進んでゆく。受付の女の子は響子に視線を向けようともしない。

いっそのこと、このまま部屋へ押し入ろうかと考えて、腰にはさんだ包丁へと手が伸びた。しかし、すぐに思い直した。待つのだ。今はそれしかない。きっと来る。佑介がひとりになる時が、きっと来る。

さらに十分が過ぎた。響子は唇を噛《か》んだ。三年待った。確実を選んで待ったのだ。今さら焦ってはいけない。焦ってチャンスを棒にふるくらいなら、また次を狙おう。しかし、できるものなら晴れ晴れしい壇上になどあの男を登らせたくなかった。何事もなかったように、拍手と賛美をにこやかに受ける姿を想像しただけで、吐き気が込み上げるほどの怒りに包まれる。あの男にふさわしいのは、苦しみにのたうち回る冷たい地べただ。

その時、秘書室から声がした。

「はい、ではすぐ端野を玄関に向かわせます」

受付の女の子が電話に応えている声だった。すぐに彼女は席を立ち、響子の横を通り過ぎて、奥の佑介の部屋へと向かって行った。たぶん階下に重役か来賓が到着するのだろう。

響子はクリーナーを動かしながら、耳をすませた。

ノックの音。はい、と答える端野の声。ドアが開く。

「もうすぐ徳山商事《とくやましようじ》の木島《きじま》常務が到着されるそうです」

「わかったわ、すぐ階下《した》に下りるから」

端野が姿を現わした。彼女はドアのところで足を止め、部屋の中を振り返った。

「坊っちゃま、ではちょっと階下まで行って参ります。すぐ戻って来ますから」

端野がドアを閉めてエレベーターへと向かう。その途中、響子の前で立ち止まった。

「ちょっと、あなた」

「はい」

響子はどきりとして手を止めた。

「本当に気が利かない人ね。廊下の掃除なんかあとにしてちょうだい。お客さまがいらっしゃるのにみっともないじゃない」

「すみません」

端野がエレベーターに乗る。秘書の女の子は受付に戻る。響子は女の子の様子を確認してから副社長室の前まで行き、そのドアに耳を当てた。何も聞こえない。喋《しゃべ》り声はない。つまりひとりと考えていい。心臓が大きく鳴った。響子は腰に手をやり、包丁の感触を確かめた。時間はない。十分もすれば、端野は戻って来るだろう。それまでに目的を果たさなければならない。もうためらう猶予もない。響子はドアをノックした。

「はい」

短い応答があった。

「失礼します」

響子は部屋の中に入った。佑介がソファに腰を下ろし、広げていた新聞から顔を上げた。ひとりだ。

「灰皿をお取り替えに参りました」

「あっそ」

佑介はすぐに興味なさそうに新聞に目を落とした。

部屋は二十畳ばかりの広さがある。正面に大きな窓があり、そこから日差しが柔らかく差し込んでいた。窓を背に紫檀の机と背もたれの高い革張りの椅子。その手前はアルフレックスのソファだ。三人掛けが左右に二脚、机の前に一人掛けが一脚ある。佑介はその一人掛けに座り、足を高く組んで新聞を広げていた。

響子は佑介の右横を抜けて、窓へと近付いた。流れる雲がよく見える。風はまだやまない。振り向くと、ソファの背から佑介の襟首が見えた。散髪に行って来たのか、さっぱりと刈られている。静かだ。天井からエアコンディショナーのさらさらという音だけが静かに落ちて来る。時間はない。

響子は作業服の中に手を入れた。タオルを巻いた包丁を取り出す。それから包丁を右手に、左手にタオルを持った。早く行動に移さなければ。いつ何時、誰が訪れるかわからない。

もう狼狽《うろた》えることはなかった。ひどく落ち着いている自分を感じた。何度、このシーンを想像しただろう。この男を頭の中で何万回と殺している。響子はそっと佑介の背後に近付いた。窓からの日差しを遮るかたちになり、佑介の手元を暗くした。

佑介が振り向こうとした時だ。響子は左手に持ったタオルで、佑介の口を塞《ふさ》いだ。佑介が驚いて身体《からだ》を起こそうとする。しかし、響子は全身の力を込めて佑介の頭をソファの背に押しつけた。佑介が叫び声を上げた。タオルがそれを声にしない。佑介は両手で響子の手を振り払おうとした。爪が響子の手の甲に食い込む。響子はますます力を込める。仰向《あおむ》けにさせられた形となった佑介は足をばたつかせる。が、豪華な絨毯は見事なほどにその音を吸収してしまう。

顔が逆さになる形で、響子は佑介と目を合わせた。佑介の目が見開いている。驚きと恐怖が同時に襲っている。

「可菜《かな》の恨みを晴らしに来たわ」

一瞬、佑介の抵抗する力が弱まった。タオルの下で、佑介の呻《うめ》き声がした。響子が誰であるか、佑介はようやく認識したのだ。それでも響子は決して力を緩めなかった。右手の包丁を佑介の喉頸《のどくび》に当てた。何をされるか、佑介はようやく理解した。

やめろ、やめてくれ。

くぐもった声が聞こえた。と同時に、佑介のズボンが濡《ぬ》れていった。失禁したのだ。響子は目標を定めると、ためらわずに一気に引いた。

肉を引き裂く確かな感触が右手に広がった。その瞬間、しゅう、という空気が抜けるような音がして、血が噴き出した。それは弧を描いてテーブルにまで届いた。佑介のタキシードの下に着ている白いシャツがみるみる色を変えてゆく。佑介の足元でくしゃくしゃになった新聞も真っ赤に染まってゆく。血は噴き出し続ける。痙攣《けいれん》が二、三度、佑介の身体を襲った。しかしそれは長い時間ではなかった。それでも、響子は頭を押え続けた。やがて佑介の首はがっくりとソファにもたれた。目は見開いたまま天井を見つめている。喉仏から右耳の下にかけ、ぱっくりと開いた傷から血はまだ出ている。しばらくすると、そこから黄色っぽい脂肪がだらしなく覗いた。

ようやく響子は手を離し、立ち上がった。

死んだ。間違いなく、この男は死んだ。これで何もかも終わったのだ。可菜がこの世からいなくなったあの日に始まった、長く、忌まわしい日々はようやく終わりを告げたのだ。

ドアが開いた。響子はぼんやり顔を向けた。人影があった。端野だろうか。別の秘書だろうか。それとも出社して来た役員か。目の焦点がうまく合わない。そこにいるのが誰であろうと構わない。目的はやり遂げた。後はどうでもいい。包丁が床に落ちた。捕まるのは厭《いと》わない。むしろ、早く捕まえてくれればいい。私は笑って刑を受ける。どんな刑でもいい。死刑でもいい。可菜のそばにいけるなら。

腕を摑《つか》まれた。響子はなすがままにされ、ドアへと引っ張られるようにして連れて行かれた。耳元で何か聞こえた。

「これじゃ、駄目じゃん」

呆《あき》れたような女の声と同時に、肩にパーカーがかけられた。響子はまだぼんやりしている。何がどうなっているのか考えが及ばない。手を引かれて、廊下に出た。

受付の女性が驚きの表情で立ち上がるのが見えた。「あの」と、間の抜けた声が聞こえたが、足は止めない。秘書室の前を過ぎ、ホールを抜けて、裏階段のドアを開く。その時、背後でエレベーターのチンという音が聞こえた。いっそう引かれる手が強くなる。響子はただ、その手に任せて階段を下りてゆく。もつれる足を何とか前後に動かしながら下りてゆく途中、清掃員仲間のひとりと出くわした。「山本さん、どうしたの」と驚いたように声をかけられても下りてゆく。

地下二階には守衛の角山がいた。その前を通り抜ける時、声が飛んだ。

「どうしたんだ」

響子は惚《ほう》けた表情で角山を見た。

「血が出てるじゃないか」

角山が響子に近付いて来る。響子の手を引いている女が代わりに答えた。

「ちょっと怪我したんです。今から病院に行きます」

「ひどい血だ、どこを怪我したんだ」

「腕です、包丁で切っちゃって」

「救急車を呼んだ方がいいんじゃないか」

「いえ、パーティもあるし、目立つといけないから私の車で連れてゆきます」

「あんた、誰だ」

「知り合いです」

「それでいいのか」

「ええ、大丈夫ですから。じゃ」

駐車場の奥へと向かってゆく。出口に近い場所に赤い小型車が見えた。助手席へと押し込められ、エンジンがかかる。動きだした時、黒塗りの大型車が前からやって来た。

「ちっ」

女が吐き捨てるように舌打ちする。バックにギアを入れたところで、角山が走って来た。大型車の方を手で制止し、小型車が先に抜けられるよう誘導する。

「へえ、気が利くじいさんじゃんか」

大型車の横を抜け、小型車はスロープを登ってゆく。エンジン音がコンクリートの壁に反射して、ゴーッと耳鳴りのように響子を包む。ゲートを抜けるとふわりとした感触があり、車が地上に出た。強い日差しが真正面から照りつけ、その眩《まぶ》しさに響子は思わず目を細めた。

慎市

鴻野慎市《こうのしんいち》は、廊下の突き当たりに立ち、窓から流れる雲を見つめていた。風が強いらしく、雲は瞬く間に姿を変えてゆく。

三カ月に一度の、業務報告という名目の、おざなりな会議を終えたところだった。最初の頃の会議には、常務も顔を出していた。けれど今は、常務どころかヒラの取締役さえ出席しない。出向という名のリストラ社員たちの、どうでもいい報告など、聞く気にもなれないのだろう。

かつてこの廊下を、いやこの会社のどんな場所でも、胸を張り、堂々と歩いていた。鴻野を見つけると重役の方から手を上げ、笑みを浮かべながら近付いて来た。それが今、まるで給料泥棒と呼ばれかねない立場に追いやられている。

お定まりのリーマンショックの後遺症だった。潮が引くように、鴻野の周りから人が消えて行った。

なぜ、あの時会社を辞めてしまわなかったのだろう、と悔いる気持ちが自分を追い詰める。結局は、勇気がなかったからだ。どんなに冷遇されようとも、極小企業に出向させられようとも、会社に残りさえすれば生活の保証はされる。妻と娘、そしてマンションのローン。損得を天秤《てんびん》にかけ、代わりに、自尊心を捨てる方を選んだ。その時から、こうなるのはわかりきっていた。

だったらどっぷり浸《つ》かってしまえばいい。会社など、給料をもらうだけの場所だと割り切ってしまえばいい。なのに、身体の片隅で残骸となった自尊心の欠片《かけら》が、時折り、胸を締めつける。

鴻野は窓に背を向け、エレベーターに向かって歩き始めた。すれ違う若い社員たちは、顔も知らない。知っている奴らは、顔を合わせたくないばかりに避けて通る。もう鴻野に手を上げる重役も、声を掛ける同僚も、頭を下げる部下もない。この会社では、自分はいないも同然だ。

妻と娘のため。それがあの時自分を引き止めた大きな理由だった。しかし今、彼女たちとの亀裂は決定的な状況になっていた。彼女らにとっても、鴻野はもう生活費を稼ぐ男以外の何ものでもない。

いったい、何のために。

そう言い掛けて、鴻野は笑った。すべて自分のためだ。自分のためにしたことだ。欲があり、狡《ずる》さがあり、打算があった。そんな自分が、今さら綺麗事《きれいごと》など言えるはずもない。どんなしっぺ返しも、自分で受けるしかない。

外に出ると、風がネクタイを舞い上げた。砂埃が目に入って、思わず手で目を覆う。タチの悪いのが入ってしまったのか、痛みで涙が滲《にじ》んだ。けれども、それが本当に埃のせいなのか判断がつきかねて、鴻野は再びいたたまれない思いにかられた。

ユミ

身体の奥底でチリチリした痛みが続いていた。

まるで小さな虫が内臓を食い荒らしているような感じだった。耐えられないほどではないが、少しずつ強さは増している。

道田《みちだ》ユミは下腹に力を入れた。気のせいだ、と思おうとした。堕胎も流産も大して変わりはないと、医者も言っていたではないか。手術は過去に二度経験している。その時もこれに似た痛みが残ったが、結局は何もなかった。たぶん緊張しているせいだ。放っておけば自然に治まるに決まっている。

閑散とした通りを西に向かってハンドルを切る。午後の日差しがビルの隙間《すきま》から差し込んで、フロントガラスに反射している。ユミは右手を伸ばしてシールドを下げ、光を遮断した。街路樹の動きが緩慢になっているところを見ると、さっきよりも風はいくらか弱まったのだろう。

交差点を右折する時、黒塗りの車と擦れ違った。藤森産業の副社長就任パーティに呼ばれた関係者のものだろうか。もし、そうだとしたら、と考えて、ユミはかすかに笑みを浮かべた。お気の毒さまだ。パーティは行なわれない。主役はもうこの世にはいないのだ。

ユミはアクセルを踏み込みたい気持ちを抑え、できるだけゆっくりと走らせた。目立ってはいけない。当たり前のように運転していればいい。そうすればこの小型車のホンダ・フィットなど、そこいらの車に紛れて目立たない。免許がないことだってバレやしない。

高速に乗り、横浜《よこはま》へと向かう予定だった。二時間も走らせれば目的の埠頭《ふとう》に着く。そこで修身《おさみ》と連絡を取り、明日まで埠頭近くのホテルで過ごせばもう日本とおさらばだ。乗り込む船の手配も偽造パスポートもすでに修身が整えてくれている。あと一日だ、あと一日で、こんな下らない国は捨てられる。

日本に未練などこれっぽっちもなかった。人を見下げることでしか自分を安心させられない奴ら、心の中を腐った臭いで充満させているすべての奴らと、一刻も早くおさらばしたかった。

修身の話によると、乗り込む予定の船はフィリピンのコンテナ船で、表向きは穀物の輸送となっているが、実際は、日本の盗難車、特にトラックを解体して東南アジアに運びだしているという。ヤバイのは承知だが、そんなことは大した問題ではなかった。どんなに危険でも、日本にいるよりかは百万倍も安全だ。

フィリピン、ユミは小さく呟《つぶや》いた。

その国は、ユミが知っているいちばん哀しい女の生まれた国だった。

フィリピンに長居する気はない。そこから先は飛行機に乗り換える。ほんのひとっ飛びすれば、目的の地、スペインだ。日本を捨てると決心した時から、行き先はスペインと決めていた。いつだったかテレビで観たことがある。眩しい太陽と、陽気なラテンの男たち。誰もが少し間延びしたような表情で笑っていた。時間さえ流れを忘れてしまいそうなどこまでも広がる空。あの国が両手を広げて待っている。あと一日。この一日さえうまく逃げ通せば、すべてがうまくいく。

なのに——。

ユミは小さく息を吐き、助手席でパーカーを羽織り、惚けたように座っている女に目をやった。

その大事な時に、どうしてこんなおばさんを拾って来てしまったのだろう。助ける義理など何もない。そのまま現場に残してくればよかった。その方が好都合というものではないか。

なのにあの時、衝動的におばさんの手を引いていた。なぜだろう、とユミは考える。考えても理由なんかわからなかった。もしあるとしたら、このおばさんに逃げる意志がまったく見えなかったからだ。こと切れたあの男を呆然《ぼうぜん》と見つめながら、その場に突っ立っていた。包丁を手に、血まみれになった姿は、何もかもが終わったという虚無感しかなかった。このままでは確実に捕まる、そう思った。そうしたら、いつの間にか手を引いていた。

「あんたさ」

ユミは声をかけた。

「どうしてあの男を殺したの？」

聞いてから、たぶん自分はそれが知りたかったのだと気がついた。だから危険をおかしてまで一緒に連れて来た。なぜ、このおばさんがあの男を殺したのか。ただの清掃員にしか見えない、このおばさんが。けれども返事はなかった。おばさんは前を向いたままシートに身を沈めている。

「まあ、別にいいけどさ」

とにかく、あの男は死んだのだ。

「それより、どこか下りたいとこがあるんだったら早めに言ってよ」

相変わらず返事はない。たった今、人を殺して来たばかりだと思えばそれもしょうがないかもしれない。

高速に乗ると、思いがけず渋滞だった。車はノロノロとしか進まず、ユミはイライラしながらハンドルを指先で叩《たた》いた。このまま首都高《しゅとこう》一号線を走って横浜に向かうつもりだが、まさかこのおばさんまで連れてゆくわけにはいかない。ハンドルを握りながら、ユミはどうするべきか考えた。

今頃、藤森産業はパニックに陥っているだろう。玄関の前には何台ものパトカーが停まり、警官が走り回っているはずだ。犯人が誰かぐらい、簡単に割れるに違いない。

その時になって、ユミは気がついた。殺したのは清掃員のこのおばさんだ。けれど、目撃者は自分以外にはいない。成り行きで一緒に逃げてしまったが、もしかすると自分も共犯と勘違いされているのではないだろうか。おばさんの面が割れているとなれば、すぐに手配となる。あの守衛のジジイが車のナンバーを記憶しているとは思えないが、防犯カメラは設置されているはずだ。検問が張られるのではないか。

そこまで考えが行き着いて、ユミは頭を抱えた。とんでもないことになってしまった。ただでさえ追われる身だというのに、これ以上おばさんに関わっていたら身動きできなくなる。似合わない仏心など起こさなければよかった。

芝浦《しばうら》インターが近付いて来た頃、決心した。大事を取った方がいい。どうせ横浜に着けばこの車は捨てるつもりでいた。どこかで車を下りて、電車かタクシーに乗って移動した方が安全だ。もちろんその時は、このおばさんも捨てる。

首都高速を下りてしばらく走った。やがて交差点の先に大きなショッピングセンターを見つけた。捨てるならこういう場所がいい。溢《あふ》れた車の中に置けば二、三日は発見されずに済むだろう。ユミはウィンカーを出し、ショッピングセンターに入って行った。そのまま矢印に沿って、三階の屋上駐車場へと登って行く。

ウィークデイだというのに駐車場は混んでいた。空きスペースを何とか探し出し、白線の中に車を止め、エンジンを切る。それからおばさんに顔を向けた。おばさんは、同じ姿勢同じ顔つきで座っていた。顔は蒼白で、見開いた目には、何も映っていないようだった。

マスクをしていたせいで、顔に血がついていないのが幸運といえる。

「あんた、ケータイかスマホ持ってないよね。電源が入ってると、居場所が突き止められるから」

それでも女は何もしようとしない。おばさんの服の中を探ったが、ポケットには何も入ってはいなかった。

「で、あんたには、ここで下りてもらうから」

やはりおばさんは何も答えない。ユミは小さく舌打ちした。

「わかってんの。あんたのおかげで、予定が大幅に狂っちゃったんだよ」

言っても、まるで耳に入っていないようだった。

「あーあ、まったくとんでもないもん拾ったわ」

ユミはおばさんを無視して、後部座席に置いてあったデイパックを手にした。それからシートの右下についているトランクレバーを引いて、注意深く車を下りた。人影はない。デイパックを背負い、後ろに回ってハッチドアを上げた。トランクの中にボストンバッグが入っている。それはかなりの大きさと重さがあり、手にすると、ずっしりと手応えがあった。

その時、下腹の奥で筋肉が痙攣《けいれん》するような痛みが走り、ユミは思わずお腹《なか》を押え、しゃがみこんだ。

何なんだいったい。この大事な時に、何でこうなるんだ。

そのままの姿勢で何度か短く息を吐いていると、少し楽になった。ユミはバッグを持ち直してトランクを閉めた。車を離れる時、もう一度、車内に顔を覗き込ませた。

「じゃあ、私は行くからね。後はあんたの好きにしたらいいよ。どこかに頼れる人ぐらいいるだろ」

おばさんは相変わらず黙ったままだ。もしかしたら本当に気が変になってしまったのかもしれない。けれど、あんな男、殺されて当然だ。ひどい奴は目が腐るほど見て来たが、あいつはその中でも最もタチの悪い部類に入る。あんな奴を殺したからって、罪の意識なんか持つ必要はない。あのおばさんが殺《や》ってなかったら、自分がやっていた。そのつもりで行ったのだ。どっちみち、あいつは死ぬ運命だったのだ。

その時、背後に「ユミちゃん」という女の声が聞こえ、思わず足を止めた。知り合いかと、恐る恐る振り返ると、小さい子供が駐車した車の間を縫うようにして、こっちに向かって走って来た。

「待ちなさいユミちゃん、危ないでしょ」

母親が車のキーをかちゃかちゃいわせながら濃紺のBMWから下りて来た。子供は五歳くらいで、洒落《しやれ》たジャンパースカートを着ていた。巻髪をふたつに分けて耳の横で結び、それが走るたび左右に揺れている。同じ名前でもこうまで違う。子供の頃、ユミは男の子のように髪を刈り上げにされていた。

子供が脇を擦り抜けてゆこうとした時、ユミが持っていたボストンバッグにぶつかった。子供は弾《はじ》けるようにコンクリートの床に転がると、一瞬、自分の身に何が起こったかわからないような表情で顔を上げ、火がついたように泣きだした。

ふん、と思った。だから子供は嫌いだ。いつだって被害者面をする。

泣き声に気づいて母親が駆けて来た。

「ユミちゃん、大丈夫？」

子供は泣きじゃくりながら、母親に抱きつき、ゆっくりとユミを指差した。とんでもないガキだ、ぶつかったのは自分なのに罪をこっちになすりつけようとしている。すぐに、母親の非難の表情が向けられた。

「あなた、うちのユミちゃんに何するの」

セレブママというやつだ。ニットの淡いブルーのアンサンブルを着て、毛先にゆるいパーマがかかった肩までのセミロングヘア。小振りのトートバッグにローヒールのパンプス。おまけに乗ってる車がBMWときている。その目には強い軽蔑があった。ユミのいちばん嫌いな種類の女だった。

セレブママはその美しく山形にカットされた眉をひそめ、ユミを睨《にら》みつけた。泣き続けている子供の甲高い声に、ユミの苛立《いらだ》ちが募る。

「行けよ」

ユミは低く言った。

「早く行けって言ってるだろ」

そして泣き続けている子供に顔を向けた。

「うるせえんだよ、殺すぞ」

子供はビクッと身体を一瞬硬直させると、ぴたりと泣き止《や》み、怯《おび》えた表情で母親の後ろに隠れた。母親が顔を真っ赤にさせて、唇の端を震わせた。その時、タイミング悪く、店内入口からガードマンが姿を現わした。

「どうかなさいましたか?」

ガードマンは近付くと、ふたりの女を見比べてから、女の方に尋ねた。ユミを見る目がすでに女と同じ光を湛《たた》えていることにはすぐに気づいた。こんな目には慣れっこだ。まるで電柱の陰の吐瀉物《としゃぶつ》を見るような目。あまりわかりやすくて笑ってしまいたくなる。女は何か言いたげに唇を動かしかけたが、すぐに考えを変えたようだった。

「いいえ、何でも。さ、行きましょう」

子供の手を引いて店へと足を早めた。これ以上、関わってもロクなことはないと判断したのだろう。もちろん、ユミにとってもその方が好都合だ。ガードマンは少し不満げな顔をしたが、それ以上は何も言わなかった。ユミは背を向けた。すると背後でガードマンの声がした。

「もしもし奥さん、ドアに服が挟まってますよ」

それが車の中にいるおばさんに掛けられている声だと気づいて、振り返った。

「奥さん、服が……。奥さん？　どうかしましたか？　具合でも悪いんですか？」

ガードマンは窓ガラスを指先で叩いている。何てこった。何も答えがなければ不審に思うだろうし、もし、おばさんがドアを開けたりすれば、すぐにパーカーの下の血にまみれた作業服が見つかってしまう。その後どうなるか、簡単に想像がついた。守衛室に連れられ警察に連絡される。おばさんが捕まるのはいっこうに構わないが、今というのはあまりにも早すぎる。

「何でもないよ」

ユミが言うと、ガードマンが顔を向けた。

「あなたのお母さん？」

「まあね」

そう見えるなら、それでいい。

「何か様子が変ですけど」

「ちょっと車に酔っただけ」

「そうですか」

「ジロジロ見んなよ。関係ないだろ」

はすっぱに言うと、ガードマンが眉をひそめた。「口のきき方も知らないのか」ぐらい言いたいのだろうが、こちらは客だ。憮然《ぶぜん》とした表情のまま、ガードマンは仕事に戻って行った。

ユミは車の中に目を向けた。腹が立っていた。このおばさんは何にもわかっちゃいない。

ユミは運転席のドアを開け、シートに座った。

「あんた、恩を仇《あだ》で返すつもりなの？」

身体をおばさんに向け、険のある声で言った。

「あんたが捕まるのは勝手だけれど、今は困るんだ。いろいろ私にも都合ってものがあるんだから。わかるだろう。とにかくここから離れて、どっか行ってよ。しばらくの間でいいからさ。その後は自首しようが自殺しようが好きにすればいい。私のこと、警察でどんなふうに喋ったって構わない。何なら、私が殺ったってことにしたっていいよ。うん、そうしろよ。うまくいけば無罪になれるかもしれないし。だから何とかここからは逃げてよ」

口惜《くや》しいけれど、最後は哀願口調になっていた。

「あなたに罪を被せるつもりはないわ」

初めておばさんが口をきいた。それが意外と落ち着いた声だったので、ユミはいくらかホッとした。もしかしたら、本当に頭が変になったのかもしれないと思っていたのだ。

「別にいいよ、どうせ日本からいなくなるんだから」

「そうなの……」

「もう二度と帰って来ないから、後のことはどうでもいいの」

「聞いてもいい？」

「何を」

ユミは苛々しながら答える。

「どうして助けてくれたの？」

「成り行きってやつ。今は後悔してる」

「私、どんなふうに逃げたらいいのかしら」

「頭あるんだろ、少しは自分で考えてよ」

「そうね」

「そういうこと」

「わかりました。いろいろありがとう」

おばさんは丁寧に頭を下げた。

「じゃあ、お元気で」

そう言って、のろのろした動作でおばさんがドアを開けた。足を外に下ろそうとした時、パーカーの下の血に染まった作業服が現われた。

「ちょ、ちょっと、おばさん」

ユミは慌てて腕を引いた。

「いくら何でも、そのままってわけにはいかないだろ」

おばさんは裾に目をやった。

「ああ……」

「それじゃ、捕まえてくれって言ってるようなもんじゃん」

「でも、どうしようもないわ。着替えるもの、何も持ってないんだもの」

ユミはハンドルに両腕を乗せ、その上に頭をもたせた。しばらく黙って考えた。考えて、そうするしかないという結論に達した。これが乗り掛かった船というやつか。まったく何て面倒な船に乗ってしまったのだろう。

「わかった、ここで待ってな。着替えるものを買って来てやるから」

「あなたが？」

「他に誰がいるっていうんだよ」

「でも……」

「何も言うな。今は何を聞いても、頭に来るだけだから。とにかく服を着替えて適当に逃げてよ」

「わかりました」

おばさんは、叱られた幼稚園児のように素直に頷いた。

ユミは車を下り、デイパックを背負ってボストンバッグを手にした。こんな重いものを持って店内を歩くのは大変だが、このバッグの中身が自分のこれからの人生のすべてでもある。このおばさんはもう正気を取り戻している。置いていって、欲が出たこいつに中身を覗かれ、横取りでもされたらそれこそ元も子もない。

店内に入り、いちばん最初に目についた婦人服のショップに入った。ベージュのコットンパンツにTシャツ、ダンガリーシャツ、ソックス、ブルゾンを買った。サイズは適当だった。会計をしていると、またもや下腹に痛みが戻って来た。早く横浜に行ってホテルを探そう。ゆっくり横になれば、きっと治まる。温かなお風呂にも入りたい。冷たいビールも飲みたい。自業自得とはいえ、こんなアクシデントがなければ今頃はそうしていたはずだった。それを思うと、また腹が立って来た。

右手にバッグ、左手に品物の入った袋を下げて駐車場に戻った。もしかしたらいなくなっているかもしれない、と思ったが、おばさんは同じ姿勢で待っていた。

「ほら」

ユミが紙袋を差し出した。おばさんは受け取り、狭い車の中で着替え始めた。ユミは外に立ち、デイパックから煙草《たばこ》を取り出した。火を点《つ》けて、煙を肺の中にゆっくり吸い込ませる。下腹の痛みもいくらか和らぐようだった。

ふと顔を上げると、並んだ車の向こうに熟れた果実のような太陽が落ちてゆくのが見えた。その鮮やかな朱色は、夕闇が迫った藍色の空と溶け合って、静かに夜の準備を整えてゆく。不思議なくらい穏やかな風景だった。きれいだな、と思った。

半分ぐらいまで吸って、煙草を足でもみ消した。ユミは周りを窺い、人影のないのを確認すると、屈《かが》んで、バッグのジッパーを半分だけ開けた。中に手を突っ込むと、ざらりとした紙の感触がある。思わず口元に薄く笑みが浮かんでしまう。輪ゴムでまとめられた百枚ずつの束がちょうど三十。ユミが命がけで手にした金だった。そしてもうひとつ、銃が一丁。ユミは思い返す。引き金を引いた時の、あの反動。全身への強い衝撃。

その時、おばさんがドアを開けて出て来た。ユミは銃から手を放し、代わりに札束から五枚、いや少し考えて三枚の万札を引き抜いた。

「この格好、変じゃないかしら？」

やけに間延びした声でおばさんが言った。半分はまだ現実に戻っていないのかもしれない。確かにコーディネートはちぐはぐで、お世辞にも似合っているとは言えなかった。けれども、血まみれの作業服よりかはずっといい。

「贅沢《ぜいたく》言うな。前の服はちゃんと始末しろよ。それから、これ」

ユミは三万円を裸のまま差し出した。

「え？」

「あんた、お金持ってないんだろう」

「でも、悪いわ」

「今さら、何言ってんだよ。本気で悪いと思ってるなら、ちゃんと逃げてよ」

「ええ」

「じゃあ元気で」

ユミは背中を向けた。ここからだと、品川《しながわ》駅まで歩いて十分くらいだ。そこから電車に乗る。駅には特急も停まるから、横浜までは二十分と少し。もう少しだ。

道を歩きながらユミは何度もボストンバッグを持ちかえた。三千万の札束はさすがにずっしりと重く、腕にこたえる。

自分のしたことに対して、罪悪感など欠片もなかった。どうせ汚ない金だった。考えてみれば、たかだか三千万ではないか。どうということはない。十三歳の時から郷田《ごうだ》たちにいいようにコキ使われ、身体を売って生きて来た。今まで何人の男たちに玩具《おもちゃ》にされて来ただろう。退職金代わりに貰《もら》ったからって、文句を言われる筋合いじゃない。もう一度、ユミはバッグを持ち直した。

それにしてもどうしたのだ。お腹の痛みはなかなか消え去らない。どころか、熱をもちながら下半身に広がってゆく。

「あのへぼ医者が……」

新大久保《しんおおくぼ》の裏通りにある産婦人科は、安く堕胎してくれるので、その筋の女たちには重宝がられていた。医者はもう七十歳に手の届きそうなジジイで、ちゃんとした免許を持っているのかどうかも怪しいものだ。それでも、普通の医者では断わられる月数になっても、そこでは簡単に処置してくれる。

ユミも過去に二回、世話になっていた。もちろんもっと初期の段階だ。妊娠の相手は客ではない。早い話、仕事とは関係のない遊び相手だった。近頃の客は用心深くて、こちらが求めなくてもコンドームを使う。いつも仕事でやっているのは、酒臭い息を吐き散らすくたびれたオヤジとか、とても女にモテそうのない屈折したうざったい男たちばかりでうんざりだった。たまに若くて溌剌《はつらつ》とした男とやりたくなって、渋谷《しぶや》に出掛ける。歩けば軽く四、五人の男たちが声を掛けて来た。気に入れば、躊躇《ちゅうちょ》なくホテルに入った。相手の顔も覚えていない。だから堕ろすにもまったく抵抗はなかった。

しかし今度は違う。ユミは唇を噛んだ。

産みたいと望んでいたし、貴志《たかし》もそうして欲しいと言った。「俺もオヤジか」あの時、貴志はそう言って、照れ臭そうに笑った。

貴志。

その名を呟くと、胸が引き千切られるほどの怒りと悲しみが蘇《よみがえ》る。

もう貴志はいない。二週間前、彼は東京湾のゴミにまみれてボロきれのように浮かんでいた。

やがて駅に続く交差点に出た。信号が変わるのを待っていると、八ッ山橋《やつやまばし》方向から派手に軍歌を流したワゴン車が現われた。それは行き交う人の注目を浴びながら交差点に近付いて来る。ユミは背を向け露地に入った。郷田は政治団体にも関わっている。事務所の前には似たようなワゴン車がよく停まっていた。

しばらく電柱の陰に佇み、ワゴン車の様子を窺った。ボディに書かれた団体名に記憶はないが、とにかく早く去ってくれるのを願った。その時、下腹に強烈な痛みが走った。今までにない激しい痛みだ。短い呻き声を上げ、ユミは身体を折り曲げた。足の付け根から熱いものが流れ出るのを感じる。立っていられなかった。電柱にしがみつくようにして、アスファルトに膝をついた。電車に乗らなければ、横浜に行かなければ。けれども身体が動かない。ねっとりした汗が耳の後ろを流れてゆく。目の前が白く靄《もや》がかかったように濁った。

「大丈夫?」

頭上からの声。ユミは痛みをこらえながら首を振った。

「関係ないだろ、あっち行けよ」

自分の声がひどく掠《かす》れていた。誰とも関わってはいけない。すべては危険に繫《つな》がっている。

「血が」

頭上の声は言った。見ると、自分のジーンズの股の部分が変色している。その声の主はユミの前に回ると、屈んで腕を取った。

「肩に手をまわして」

そう言って顔を向けたのは、あのおばさんだった。痛みは断続的に襲って来る。もう言い返すのも面倒だった。自力で立ち上がることすらできない。ユミはおばさんにされるがまま、身体を預けた。

気がついた時、目の前に白い天井がぼんやりと広がっていた。眩《まぶ》しくて、ユミは目を細めた。ここはどこだろう。

「まだ痛む？」

枕元で声がした。懐かしいような哀しいような響きがあった。ママ、と呼びそうになって、すぐに呑《の》み込んだ。母はとっくの昔に死んでいる。

「ここ、どこ？」

「病院よ。覚えてない？　そうね、注射を打ってもらったものね」

「喉が渇いた」

「待ってて、水を持って来るわ」

おばさんがベッドを離れると、ユミは身体を起こしバッグを探した。身体は怠《だる》くて鉛のように重く、左手に点滴の針が刺されていて動きづらい。ベッドの下にそれが置かれているのを確認して、すぐに手元に引っ張って来た。ホッとした。このお金を取られたら、すべてはお終《しま》いだ。

病室は二人部屋で、もうひとつのベッドはあいていた。窓に顔を向けると、窓枠にハンガーがかかり、ユミのジーンズが洗って干してあった。今、ユミは病院の寝巻を着せられている。下着も変わっていた。やがておばさんが戻って来た。

「あんまり冷たくないけど、水道のだから」

水は確かに温《ぬる》くてまずかった。その上、コップがプラスチックでできているのでその匂いが鼻についた。ひと口飲んでうんざりしたが、渇きの方が強く、結局、全部飲み干した。

「何で私の後をつけたのよ」

ユミは上目遣いでおばさんに言った。

「つけたわけじゃないのよ。私も電車に乗ろうとしただけ。人込みの中に紛れた方が見つからないと思って。そしたら、たまたまあなたの姿があったから」

ユミはおばさんから目を逸《そ》らし、窓を見やった。干したジーンズの間から見える外はもうすっかり夜だった。どれくらい眠っていたのだろう。

「今、何時？」

「九時を少し回ったところ」

「ふうん」

「しばらく入院した方がいいって、お医者さまが言ってたわ」

「まさか。少し休んだら行くよ」

「でも」

「何だよ」

「あなた、よほどずさんな手術を受けたみたいだって。お医者さまがね、今、無理をしたら、責任はとれないって」

「医者なんて、何でも重病人にしたがるんだよ。その方が儲《もう》かるから」

「なぜ、そんなことをしたの。自分の身体はもっと大事にしなくちゃ」

「うぜえな。余計なお世話なんだよ。私がどうなろうと、あんたには関係ないだろ」

ざらついた感触が身体に広がった。わかったような台詞《せりふ》を言われるのが、ユミはいちばん嫌いだった。大人たちのどいつらも自分のやっていることは棚に上げて、教科書を棒読みするように臆面もなく口にする。

「でも」

「人殺しがえらそうに説教たれるんじゃねえよ」

言った自分の言葉に煽《あお》られるように、気持ちがささくれだった。

おばさんが黙って、自分の足元に目を落とした。その卑屈めいた姿に苛立ちがいっそうふくらみ、ユミは持っていたコップを床に投げ付けた。それは乾いた音をたてて、リノリウムの床にバウンドし、歪《ゆが》んだ円を描きながら、病室の隅に転がっていった。

「早く、どっか行ってよ。目障りなんだよ」

おばさんが腰を屈めてコップを拾う。背を丸くした姿が、一瞬、母と重なった。ユミの覚えている母はこのおばさんよりずっと若かった。けれども、もっと年寄りに見えた。六畳と四畳半の古く汚ないアパートで、母はいつもこんな背を見せた。そこには疲れと絶望が張りついていた。

おばさんがコップを拾って、枕元の棚に置いた。布団に手をかけた時、ユミはその手を振り払うように布団に潜り込んだ。

「行けって言ってるだろ」

「わかったわ」

おばさんがドアに向かって歩いてゆく。いつもそうだった。布団の中で、夜になるとアパートを出てゆく母の足音をこうして聞いた。もう二度と帰って来ないのではないかという怖《おそ》れを抱《いだ》きながら、それでも母を引き止めてはいけないことだけは、幼な心にも知っていた。ただひたすら冷たい布団の端を握り締めて、夜が過ぎてゆくのを待ったあの頃。

「行くなよ」

ユミは言った。

「え？」

足音が止まった。

「もうしばらくここにいてよ」

栄文

忙しくなるのはこれからだ。

栄文《ロンウエン》は厨房《ちゆうぼう》の洗い場に、身体の半分を突っ込みながら、皿や鍋にスポンジをこすりつけた。埠頭《ふとう》の倉庫を改造したこのレストランバーは、地元の遊び人たちに人気があり、連日満席だった。

「おい、グラスが足りねえんだよ。とっとと洗えよ」

黒服のウェイターが近付いて来て、膨《ふく》ら脛《はぎ》を蹴り上げた。ムッとして顔を向けるが、それ以上は逆らえない。

「はい、すぐ洗います」

栄文は山積みになったグラスをまとめて洗い桶の中に入れた。

「割るんじゃねえぞ。割ったら、給料から差し引くからな」

捨て台詞《ぜりふ》のように言い残して、黒服が店に戻ってゆく。こんなことで、腹を立ててはいけない。この店では、自分はいてもいなくても同じ存在なのだ。十時になれば、十五分の休憩がある。それまでの辛抱《しんぼう》だ。

「おい、何やってんだよ。グラスはまだか。このウスノロ」

罵声が飛ぶ。

「はい、すぐ」

早く、煙草が吸いたい。

響子

鏡に映る自分の顔と、響子は向き合っていた。くすんだ肌。膨らみが削《そ》げた頬。荒れた唇。虚《うつ》ろな目。そこにいるのは、醜く年老いた女だ。

洗面所は鼻をつく消毒液の匂いに包まれ、白いタイルに蛍光灯の青い光が反射している。そのひんやりした空気には呼吸さえはばかられる無機質さがあった。響子は水道の蛇口を捻《ひね》り、顔を洗った。

すべてが終わった。思いは果たした。あの日から、身体中の隙間をパテのように埋め尽くしていた憎しみは、三年という年月を経て、行き着くところに行き着いた。もうからっぽだった。

響子は濡れた顔のまま、両手に目を落とした。そこにはまだ佑介の喉頸に包丁を食い込ませた感触が残っている。皮膚が破れ、肉が裂け、勢い良く噴き出した血と、声にならない風のような叫び。恐怖の目。痙攣する手足。響子はそれを確認するようにゆっくりと思い返した。そこにはほんの少しの罪悪感もなかった。むしろ、もっとはっきり覚えておきたいと思う気持ちの方が強かった。それに響子は心から安堵《あんど》した。

可菜。

響子は呟く。まだ十二歳でしかなかったあの子から、笑顔を奪い、希望を奪い、悲しみと絶望を背負わせて死に追いやった。小柄な可菜は、まだ生理も始まっていなかった。いったい可菜が何をしたというのだ。人には悪意というものがある、ということさえ理解できずにいたあの子に。

遠くで救急車のサイレンの音がして、響子は我に返った。洗面台の縁に手を置いて、自分と対峙《たいじ》する。私はどうしてここにいるのだろう。もともと逃げるつもりなどなかった。目的さえ果たせば、後はどうでもよかった。なのに、突然現われた彼女に手を引っぱられ、気がつくと、こんなところにいる。

あの時、血のついた服を通りすがりの公園のゴミ箱に捨て、駅に向かって歩いて行くと、道端でしゃがみこんでいる彼女の姿が目に入った。彼女が出血しているのはすぐにわかった。道行く人に、いちばん近い産婦人科を教えてもらい、駆け込んだ。医者はほとんど意識を失いかけた彼女を診察すると、響子に非難の目を向けた。

「自分の身体を大切にしろって、娘にちゃんと教えなかったのですか」

母娘《おやこ》だと思っているようだった。それを敢《あ》えて否定するつもりはなかった。響子は申し訳ありませんと頭を下げた。

「名前は？」

「え？」

「娘さんの名前ですよ」

その時、まだ知らないことに気がついた。

「並木可菜、です」

反射的に響子は娘の名前を口にしていた。医者はそれをカルテに書き込んだ。

「流産、と言うより、死産に近かったんじゃないですかね。どんな病院で処置を受けたか、想像がつきますよ。こういう無知な若い女を見ると、僕は腹がたってしょうがない。三日、いや五日は安静が必要です。無理をすれば、もう子供が産めなくなるかもしれない。どころか、敗血症の疑いがある。もしそうなら、きちんと治療をしないと、多臓器不全に至ってしまう可能性だって否めない」

まだ若い医者だった。とても不機嫌な声だったが、かえってそれが彼の医者としての誠意を物語っているように思えた。

「わかりました。よろしくお願いします」

「保険証はお持ちですか？」

「いえ、急だったので、今は……」

「じゃあ明日には受付に提出してください」

そんな医者との短いやりとりがあって、響子は今、ここにいる。

洗面所を出て、待合室の前を通ると、テレビでニュースをやっていた。ベンチには付添いらしい女性と、お腹の大きい女性が雑談をしていた。時折り、華やかな笑い声が上がる。響子は廊下の角にひっそり立ち、流れるニュースに目をやった。

事件は藤森産業の副社長刺殺される、という見出しで報道されていた。警察は重要参考人として現場から立ち去ったふたりの女の行方を追っているという。彼女を巻き込んでしまったのはどうやら間違いないようだ。申し訳ない気持ちでいっぱいになるが、今さらどうしようもない。

それにしても、なぜあの時、彼女は現場に現われたのだろう。それだけではなく、なぜ危険をおかしてまで響子を助けたのだろう。尋ねてみたいのだが、今のところ、お互いの事情について話し合う余裕など、彼女にも響子にもなかった。

このままでいけば公開捜査が始まって、響子の顔写真が出るのも時間の問題だろう。もともと捕まるのは覚悟の上であり、こうして逃亡する展開になったこと自体が計算外だった。使われる写真はたぶん、一年前に清掃員として雇われた時、山本道子という名で履歴書に添付したものになるはずだ。姿を変えた今も、じっくり見較べられれば周りに気づかれるかもしれない。

響子は待合室を離れた。背後から相変わらず屈託のない笑い声が聞こえて来る。平穏な日々に裏付けされた彼女らの声は、ひどく無防備で響子は少し憎みそうになった。


すべてを自分の手でやるしかない、と決めた時、響子は自分の存在をも消した。

並木響子という存在を知られてはならない。そうして、確証を掴むことだ。それが何かはまだわからないが、それを掴んだ時に計画を実行する。そのためにも、慎重な上にも慎重を重ね、名前を変え、住居を変え、持っていた何もかもを処分した。免許証、通帳、カード、健康保険証や年金手帳も捨てた。小汚ないアパートに引っ越して来た時、持っていたのはいくらかの現金と小振りのボストンバッグに入る着替えがほんの少しだけだった。

存在を消すのはさほど難しくはなかった。東京という街には、こんな人間がごまんと暮らしているのだろう。

確かに、生活するにはさまざまな証明が必要となる。アパートに入居の際にも保証人が必要だ。今にも倒壊しそうな六畳一間の古びたアパートでさえだ。響子に保証人を頼めるような人間などいるはずもない。困り果てている時、繁華街の片隅に看板を見つけた。そこには「保証人紹介・在籍確認代行」と書かれてあった。事情がある人間に代理サービスを行なってくれるというのだ。

半信半疑でドアを押した。驚くほど手続きは簡単だった。お金さえ払えば、いくらでも保証人になるというのである。

もともとは風俗産業に勤める女性のために考え出されたシステムらしい。相手の状況を見て、だいたい三万円ぐらいから始まるらしいが、響子は五万を請求された。しかし、五万で保証人が得られるなら安いものだ。

大手の不動産会社では、この代行保証人の電話番号をブラックリストに載せていて、すぐにチェックできるシステムになっているという。しかし、小さな不動産屋ではそこまでの心配も必要なかった。不動産屋との契約時には、住民票の提出も求められたが、保証人が確保されているということで相手も安心したらしい。近いうちに持って来ます、と引き延ばしているうちに何も言われなくなった。家賃さえ滞りなく支払っていれば、住民票など大した問題ではないのだろう。

そうやって響子は山本道子としての新しい生活を始め、さまざまな仕事を渡り歩きながら、藤森産業に潜り込むチャンスを待った。その頃、佑介はまだ海外にいたが、どんな形でもいい、とにかくまずは近付くことだった。

清掃員として潜り込むまで、一年以上かかった。それを募集していると知った時は、すぐに問い合わせ、働きたいと申し込んだ。履歴書はもちろん山本道子という名前で提出し、経歴はでたらめだった。保険も補償もないパートタイマーということもあって、採用は簡単に決まった。

それから約半年間、響子は佑介が帰国するのを待った。長かったが、つらくはなかった。あいつは必ず帰って来る。藤森産業の跡を継ぐ立場にある以上、必ずだ。たとえ五年でも十年でも待ち続けるつもりだった。

帰国が決まり、佑介が本社に戻るという噂を耳にした時、響子は背中いちめんに鳥肌が立つほど気持ちが昂《たかぶ》ったのを覚えている。憎しみは少しも萎《な》えることなく、響子を激しく駆り立てた。

そして、あの事件から二年ぶりで、響子は佑介を見たのだった。

あの頃より太り、健康そうに頬がつるんと盛り上がっていた。その表情に翳《かげ》りなど欠片もなかった。この男にとって、あの事件はすでになかったも同然になっている。

佑介は専務として迎えられ、豪勢な役員室が与えられた。響子は清掃員として、時折り、佑介の部屋に入る。しかし秘書の端野の目はうるさく、佑介が中にいる時は、決して清掃員を入れたりしないのだった。

あれはひと月前だ。廊下の絨毯を掃除している時、佑介の役員室のドアが薄く開いて、そこから電話する機嫌のいい声が洩《も》れていた。

「今度、郷田にも見せてやるよ。色々あって面白いよ。みんな僕の天使たちさ」

そう言って、彼は甲高く笑った。

「大丈夫さ。見つかりっこない。パスワードを知っているのは僕だけだから。教えろだって？　ダメダメ、どうせ郷田はそれを商売にしようと考えているんだろう。世の中のただのロリコン野郎たちに、僕の大切なコレクションを見せてやるもんか」

響子はひたすら耳をそばだてた。

「だから言ってるだろう。パスワードは秘密だって。ヒント？　そうだな、いちばん虐《いじ》めがいのあった女の子の名前さ。可愛くって、小《ち》っちゃくって、あそこなんか花びらみたいに初々《ういうい》しいんだ。できるなら、もうちょっと楽しみたかったんだけど、まあ色々あってね。うん、またそっちに遊びに行くよ。金？　大丈夫、任せておけって」

響子は静かに離れた。今の電話をどう解釈するべきかと考えた。何かひどくおぞましいものがパソコンの中に隠されている。確かなものがそこにあるのなら、それによって佑介の実像を今度こそ世間に暴けるのではないか。

翌朝、響子はいつもより早く出勤し、掃除用具を持って八階に向かった。役員たちはもちろん、秘書室にもまだ誰もいない。佑介の部屋に入り、すぐさまパソコンの電源を入れた。多少の操作なら、会社勤めをしていた時に経験していたのでわかっている。佑介の会話から、それが画像ファイルであろう予想はついていた。順次、開いていったが仕事関係ばかりだ。その中に開けないファイルがひとつだけあった。

『パスワードを入れてください』

というメッセージが画面に浮かんだ。

これだ、これに間違いない。

「いちばん虐めがいのあった女の子の名前さ」

佑介の言葉が蘇る。まさかと思う。思いながら、響子は恐る恐るキーを叩いた。

「ＫＡＮＡ」

瞬間、身体中の血が凍った。次々と画面に映し出されてゆくものを響子は食い入るように眺めた。呼吸が激しくなる。肩が上下に揺れる。震える指で響子はマウスをクリックした。

可菜ばかりではなかった。そこには何人もの女の子の姿があった。その画像を見た時、響子の中で殺意は確実に固まった。こんな男を放置しておいたら、可菜の二の舞を踏む少女たちが増えるだけだ。殺るしかない。そうされて当然の男なのだ。

画像はすべて消去した。殺すと決めた以上、警察にも世間にも、決して見られてはならない。

その日、出社して来た佑介は「ファイルが、ファイルが」と喚《わめ》きたてていたようだが、誰も理由はわからなかった。

病室に入ると、彼女は眠っていた。規則正しい呼吸を繰り返し、そのたび白い布団が静かに上下した。

さっきまで蒼白だった頬は、点滴のせいかほのかに赤みもさしている。その様子を見ると安心して、響子はブルゾンを脱ぎ、空いている隣りのベッドに横たわった。清潔なシーツに包まれると、自分がひどく疲れているのがわかった。すぐに眠りに引き込まれた。

夢の中で、可菜が笑っている。何て幸福そうな笑顔。

可菜、こっちよ。かあさんはここにいるわ。可菜、可菜……。

「ちょっと、おばさん、起きてよ」

その声に響子は目を覚ました。目の前に彼女の顔があった。

「どうしたの？　具合、悪いの？」

響子は慌てて上半身を起こした。

「早く用意してよ、逃げるんだから」

「逃げるって」

彼女は窓際に干してあったジーンズを穿《は》いた。

「やだ、これまだ湿ってる。気持ち悪い」

「本気なの？」

「もちろん」

「でも、医者から安静にって言われてるのよ」

「それがどうしたんだよ」

「その通りにした方がいいわ。身体のためにも」

彼女が呆れたような顔つきで振り返った。

「あんた、バカじゃないの。そんな呑気《のんき》なこと言ってられる場合？　私たちが今、どういう状況にいるかわかってんの？」

「そうだけど……」

「ごちゃごちゃ言ってないで早く用意してよ。看護師が来たらどうすんだよ」

壁の時計は五時を少し過ぎたところだ。窓には明け方の半透明な光が滲んでいる。響子は追い立てられるように準備をした。準備と言っても、脱いであったブルゾンを羽織るだけだ。

「行くよ」

彼女はデイパックを背負い、ボストンバッグを手にした。

「ここの支払いはどうするの？」

廊下の状況を窺っている彼女の背に、響子は声を掛けた。

「支払い？」

「治療費をまだ払ってないの」

「そんなもん、払うわけないだろ」

「でも」

「誰もいない。今のうちだ」

彼女が廊下に出てゆく。響子は少し躊躇し、ポケットの中を探った。彼女がくれた三万円が手に触れ、それを掴むとベッドの上に置いた。

街はまだ目覚めてはいなかった。

連なる店は堅くシャッターを閉じ、時折り、ジョギング姿で走り抜ける人か、自転車に乗った新聞配達人の姿が見えた。

「私はここからタクシーに乗るよ。どうしても行かなくちゃならないところがあるから」

それから彼女は響子を振り向いた。

「あんたはどうするの?」

どうするべきなのだろうと思った。空車の赤いランプをつけたタクシーが見えた。彼女が手を上げた。

「ま、好きにすれば。とにかくもう少しの間うまく逃げてくれればいいの。じゃあ、私は行くから」

その時になって、響子は自分に所持金がまったくないことを思い出した。逃げるとなれば、やはりいくらかは必要だ。

「待って」

タクシーに乗り込む彼女に、響子は背後から声をかけた。

「何よ」

「お金がないの」

「何でだよ。三万あげただろ。私からまだせしめようって言うのかよ」

「使ってしまって」

「どこで使ったんだよ」

やりとりをしていると、運転手が不機嫌な声を出した。

「どうするんですか、出しますよ」

「ちょっと待って」

彼女は乱暴な口調で言い、それから小さく舌打ちした。

「わかった。とにかく、乗りなよ」

「いいの？」

「ここで言い合っててもしょうがないじゃん。別にあんた、行くあてがあるわけじゃないんだろ」

「ええ」

響子は彼女の隣りに座り、タクシーは走り始めた。

「それで、何でないの、お金」

「病院の払いにと思って、ベッドの上に置いて来たの」

彼女は目を見開いて、心底、驚いた顔をした。

「何で、そんなこと」

「踏み倒しなんてできない、犯罪じゃない」

その瞬間、彼女は笑いだした。

「まさか、あんたの口からそんなセリフを聞くとは思わなかった」

響子は二、三度目をしばたたいた。それからつられるように口元に笑みが浮かんだ。

「そうね、本当にそう」

「ばっかみたい」

「どこに行くの？」

「横浜」

「どうして横浜なの？」

「言ったじゃん、日本とおさらばするんだって」

やがて左手に海が見えて来た。すでに空は色づき、水平線が白く輝いている。窓を細く開けると潮の匂いが流れ込んで来た。

不思議な静寂が響子を包んでいた。凪《なぎ》を迎えた海のように、深く穏やかな落ち着きがあった。淋しくもなく、苦しくもなく、ただ透明な孤独がひっそりと自分の中で満ちていた。

可菜、と響子は呟く。今、確かにあの子はそばにいる。


元町《もとまち》に近い場所で、彼女は車を止めるように言った。商店街はまだシャッターを閉じている。日中は若い人たちで活気づいている街も今は眠りの中だ。

タクシーを下りた時、彼女の顔色がひどく悪くなっているのに気づいた。

「大丈夫？　身体、つらいんじゃないの？」

「余計なお世話」

「ボストンバッグ、持とうか？」

「いい」

彼女はいくらか警戒の色を見せて、しっかりと抱え直した。

「しばらくどこかで休みましょう。このままじゃ動けなくなってしまう」

彼女は少し気弱な声を出した。

「どこかって、どこよ」

「そうね」

響子は辺りを見回した。

「あそこはどう？」

朝の日差しに晒《さら》されて、疲れた女のようなネオンを放っているラブホテルがある。

「あそこならベッドもあるし」

彼女は腕時計を見て、少し考え込んだ。

「じゃあ、しばらくそうするかな」

ラブホテルは、近くで見ると尚更《なおさら》古く、客の入りもあまりよさそうには思えなかった。入ろうと言ったのは響子だったが、入るのは初めてで、システムがどうなっているのかわからない。どぎまぎしていると、彼女はさっさと部屋を選べるボードの前に立ち、ボタンを押した。キーが落ちて来た。

「行くよ」

突き当たりにエレベーターがあり、ふたりは三階に上ってゆく。下りて右手の三つ目の部屋だ。部屋は十二畳ほどの広さだろうか。真ん中に大きなベッドが置いてあり、右手にバスルームがあった。左の壁ぎわにはテレビと小さな冷蔵庫が並び、その上にポットが置いてある。部屋は壁紙もベッドカバーもすべてピンクでまとめられていて、ディズニーのキャラクターのリトグラフが飾ってあった。可愛いと言えばそうなのだが、この大きなベッドとは滑稽なほどギャップがあった。

響子がぼんやり部屋の様子を眺めていると、彼女はバッグを抱え込んだまま、ベッドに倒れこんだ。

「つらいの？」

「何だか、頭がぐらぐらしてる」

「貧血かもしれない、ゆうべ、だいぶ出血したから」

「眠るよ」

そう言って、彼女は子供のように枕に顔を押しつけた。壁のミニーマウスの時計がそろそろ朝の七時を指そうとしていた。響子はテレビのスイッチを入れた。男と女の喘《あえ》ぎ声《ごえ》が聞こえて、慌ててチャンネルを替えると、ニュースをやっていた。響子はテレビの前に座り込んだ。アナウンサーが政治と経済の話をし、次にローカルニュースに切り替わった。そのトップが藤森佑介刺殺事件だった。

「警視庁は重要参考人として清掃作業員の山本道子を全国に指名手配しました」

画面に顔写真が映った。思った通り履歴書に添付したものだ。自分の顔をテレビで見るのは不思議な気がした。

「ふうん、あんたの名前、山本道子っていうんだ」

声が聞こえて振り返った。彼女は眠っていなかったようだ。黙っていると、ニュースは続いて、もう一件の殺人事件を報道した。

「昨日、新宿《しんじゅく》で暴力団員が射殺され、警察は現場から逃走した十七歳の少女を追っています」

ふと彼女が言った。

「いいこと教えてあげようか」

「なに?」

「これ、私」

響子は驚いて振り返った。目が合うと、彼女はふっとほほ笑んだ。それから頭の後ろで腕を組み、天井を見上げた。

「つまり、私たちは同じだってこと」

「あなた……」

「そういうことさ」

「どうして」

「何で殺したかって聞くつもりなら無駄だよ。話す気はないから。山本道子さんはどう?

何で藤森佑介を殺したのか教えてくれる？」

アナウンサーが「日本も物騒になりましたね」ともっともらしいコメントを残し、画面は天気予報に切り替わった。

「私も、話したくない」

「じゃあ、お互い様ってわけね」

「ひとつだけ」

「なに？」

「私、山本道子じゃないの。本当は並木響子っていうの」

「ふうん、ま、どっちでもいいけどね」

「あなたは？」

「なに？」

「名前」

「聞いてどうすんだよ」

「別にどうもしないけど。ただ呼ぶ時に不便かなって」

短くためらって、彼女は言った。

「道田ユミ」

会話が途切れると、部屋はひどく静かになった。さすがに防音設備がよく行き届いている。こうしてベッドにもたれかかっていると、響子は自分がまるで水の底に沈んでいるような気がした。もしかしたら、本当はもう、死んでいるのかもしれない。

いつの間にかそのまま眠ってしまったらしい。気がつくと十時を少し過ぎていた。ユミはすでに起きていて、ベッドの上であぐらをかき、煙草をふかしていた。

「よく寝てたね。呑気なもんよね」

「ごめんなさい」

「あんた、これからどうする？」

「あなたは？」

「私はもちろん約束の場所に行く。今夜は船に乗る手筈《てはず》になっているんだから」

ユミは長く煙を吐き出した。

「でさ、あんた、頼まれてよ」

「なに？」

「いろいろ買って来て欲しいものがあるんだ。私が行ってもいいんだけど、まだちょっとしんどくって」

確かにユミの顔色はいいとは言えない。どころかさっきより悪くなっているように見える。言葉にも力がなかった。

「もちろん、いいわ。何を買って来て欲しいの？」

ユミは煙草を灰皿に押しつけると、次々に言い始めた。

「まずヘアカラー。この茶髪を、黒に染め直したいの。いい色に染まってて気に入ってるんだけど、仕方ないもんね。それから洋服。めちゃお嬢様っぽいのにして、今の私と全然違うイメージのやつ。靴はそれに合わせて買って来て。サイズは23・5。それからピンクの口紅を一本。パール入りはダメ。マットなやつ。えーっと、パンティとブラもね。ブラは70のEカップ。ついでにナプキンとタンポンも」

「まだ出血してるの？」

「大したことないけど、少しね」

そう言って、ユミは起き上がると、どんな時も決して手から離そうとしなかったボストンバッグのファスナーを半分ほど開けた。その中から無造作に札束を取り出し、素早く数えて十万円を抜いた。

「これだけあれば足りるでしょ」

「すごいのね」

ちらりと見えたところでは、バッグの中にはその何倍ものお札が入っているようだ。ユミが急いでファスナーを閉じる。響子はお金を受け取ると、ブルゾンのポケットの中に押し込んだ。

「じゃあ、行って来るわね」

「その前に、ちょっとここに座って」

ユミはベッドの端を指差した。

「なに？」

「いいから、とにかく座って」

響子は言う通りにした。ユミはデイパックの中を引っ掻《か》き回し、化粧ポーチを取り出した。

「あんたが捕まれば私も捕まるんだからね」

ユミは化粧ポーチの中から、コンパクトを取り出した。スポンジにファンデーションを取り、響子の肌の上にのせてゆく。

「ノリが悪いね。ちゃんと手入れしてんの」

響子はされるがままになっていた。化粧をするなんて何年ぶりだろう。自分の顔を彩るなどすっかり忘れていた。自分が女であるという感覚すら持つことはなかった。ユミは手際よく化粧を施してゆく。アイシャドウにアイライン、マスカラ、最後は口紅だ。

「こう言っちゃなんだけど」

出来上がった顔を見て、ユミは呟いた。

「化粧すれば、あんたもまだ結構いけるよ」

「そう？」

「髪もセットしてあげる」

ユミは響子の後ろでひとつにひっつめた髪をほどき、ブラシを通した。響子の髪は天然パーマで毛先にほどよいカールがついている。それを小分けして捻《ね》じ上《あ》げ、ピンでとめてゆく。

「器用なのね」

「美容師になりたかったんだ、手に職っていうのに憧れててさ」

「どうしてならなかったの？」

それには答えず、ユミは言った。

「そうだ、いいもん貸してあげる」

またもやデイパックの中をごそごそ探って、手のひらほどの大きさもある髪飾りを取り出した。銀細工がこまかく施してあり、珊瑚《さんご》らしい赤い玉が花のように散っている。それはどこか民族的な雰囲気を感じさせた。

「きれいね」

響子は呟いた。

「だろう」

ユミがいくらか自慢気に答える。

「母親の唯一の形見。せめて、これだけでも一緒に連れて行ってやろうと思ってさ」

「いけないわ、そんな大切なもの」

「いいよ。後で返してくれればいいんだから」

「でも」

「いいって言ってるだろ」

ユミが不機嫌になる。仕方なく、響子は黙ってその好意を受けることにした。

「ほら出来た、鏡、見てごらんよ」

ユミに言われ、響子は鏡の前に立った。

「どう？」

鏡には知らない女が立っていた。いや、ずっと前に見たことがある。まさかこんな人生を辿《たど》ることになるとは考えてもいなかった、あの頃の自分。

「それなら誰もわかんないよ、あんたが山本道子だなんて。おっと並木響子か」

ホテルを出る時は、かなり気を遣った。ひとりで帰る客に対して、店側は神経質になるのではないだろうか。エレベーターを下りてから、小さな窓がついている受付の中の様子を窺うと、今の時間帯はヒマらしく、居眠りしている女性の姿が見えた。響子は注意深く外に出た。

すでにお昼近くになっていて、元町はもう賑《にぎ》わっていた。たくさんの人々がのんびりと歩いている。みんな善良そうに見えた。実際、彼らは善良に生きているのだろう。ゴミはきちんと分別し、朝刊と夕刊を取り、税金も滞りなく払い、悲惨な事件には涙を流す。

けれども——。

響子は胸が塞がれるような息苦しさを感じた。この善良な生きものは、いつだって守られた囲いの中にいる。そうして不幸にも囲いからはずれた者に対しては、態度を豹変《ひょうへん》させ、同情と憐憫《れんびん》を装いながら、残酷なほどに物見高い冷ややかな目を向ける。

思い出したくないことが、思い出されてゆく。

響子は不意に、大声で叫びたくなるような衝動に駆られた。事件はいつも、事実だけでは終わらない。それがどんな形に捻じ曲げられ、面白可笑《おもしろおか》しく仕立てられ、たれ流されるか、あの時、イヤというほど思いしらされた。

まだ生きていた母は、田舎の家から一歩も外に出られなかった。響子の元にはひっきりなしに悪戯《いたずら》電話が掛かり、郵便受けには脅迫状が届き、ネットには中傷の書き込みが溢れ、これでもかと痛め付けられた。子供を失った母親は、それだけで死ぬほどの苦痛を味わい、その上、世間からマスコミから、二度三度と刃《やいば》をたてられたのだ。

今度の殺人事件も、近いうちに三年前のあの事件と結びつけられることになるだろう。その時、人々の関心はいったいどんな形となって現われるのか。

まずスーパーに併設された衣料品店に入って、頼まれた下着を揃えた。少し考え、自分の分も買った。お風呂に入りたいし、そのための替えの下着が欲しかった。次にドラッグストアに行き、ヘアカラーと生理用品を買った。最近は茶に染めるものばかりで、黒を見つけるのはなかなか難しかった。それからピンクの口紅を手にする。

ドラッグストアを出た頃には腹が据わっていた。途中で警官とすれ違ったが、慌てずに、ショッピングを楽しんでいる主婦という風情を装えた。次に洋服を買わなければならない。響子はブティックのショーウィンドウを覗きながら歩いてゆく。ユミの印象をまったく変えるような服となると、どういったものがいいか。愛らしくて、上品で、清楚な服。下手なものを買って行ったら、ひどく文句を言われるだろう。

ふと、一軒の店の前で足が止まった。ショーウィンドウに紺色のミニのワンピースにショートジャケットを組み合わせた服がディスプレーしてある。襟元や袖口の赤いトリミングが洒落ていた。これならきっと気に入るだろう。店の中から、愛想のいい笑顔が投げ掛けられ、それに誘われるように響子はドアを押した。

「いらっしゃいませ」

「前に飾ってあるのを見せてもらいたいんですけど」

「少々お待ちください」

店員は響子と同い年くらいに見えた。テキパキと服をはずし、持って来た。

「お嬢様のでいらっしゃいますか?」

「ええ、まあ」

「おいくつぐらいの」

「確か」

「え?」

「いえ、十七歳なんですけど」

「まあ、そんな大きなお嬢様がいらっしゃるなんて、とてもそんなふうには見えません」

お世辞とわかっていても、響子の口元がほころんだ。今までずっと年より老けて見えていたし、そう見えるように努力して来た。お化粧をして、髪型を変えただけで、こんな言われ方をするのだ。

値段も手頃で、それを包んでもらうことにした。その間に、響子は店の中を見て回った。時々立ち止まってハンガーに掛けてある服を手にしてみる。ふと、サンドベージュの柔らかな素材のパンツスーツが目についた。襟元に共布《ともぬの》のスカーフがついている。

「それ、さっき入荷したばかりの品物なんですよ」

レジの方から声がかかった。

「そうですか」

「お客さま、きっとお似合いですよ。よろしかったらご試着なさってはいかがですか？」

店員が包む手を止めて近付いて来た。

「いえ、結構です」

「そんなことをおっしゃらずに、ぜひ。お包みするのにもう少しお時間がかかりますから、その間に着てみるだけでも」

店員はもうその服をハンガーからはずしている。結局、言われるままに、響子は試着室へと押し込まれた。着替えて試着室から出ると、店員の褒め言葉が返って来た。

「やっぱり、よくお似合いです」

鏡に映る自分を響子はぼんやりと見つめる。

「そうかしら」

「ええ、とっても。今日はとてもスポーティな格好をなさってますけど、こういったドレッシーな服もよくお似合いです。お嬢さまのスタイルともぴったり合っていますし」

この店員には響子がどんな女に見えているのだろう。たぶん郊外に小さな家を持ち、サラリーマンの夫とふたりの子供がいて、変わりない日々を嘆きながらも、今を必死に守り続ける幸福な主婦。存在するはずもない自分の姿が、ふと現実感を伴った。

「いただくわ」

響子は言っていた。

「ありがとうございます」

店員は満足そうにほほ笑んだ。


「遅かったじゃん」

ホテルに戻ると、ユミは不機嫌そうだった。枕元にはビールの空缶が三本並んでいた。

「ちょっと選ぶのに迷って」

「どれ？　見せて」

ユミは響子に手渡された紙袋を無造作に破いて、服を取り出した。

「へえ、これ」

「どう？」

鏡の前に立ち、ユミが服を身体に当てている。

「まあまあ、かな」

その言い方で、かなり気に入っているらしいと察せられた。響子はもうひとつの紙袋から服を取り出した。

「なに？　二着も買ったの？」

「実は、これは私の……」

「え？」

「ごめんなさい。悪いとは思ったの、あなたのお金だし、私が今着ている服も買ってもらったんだし、それはいけないって。なのに、つい」

「よくやるわ」

ユミはしばらく呆れたように服を見ていたが、やがてふんと鼻を鳴らした。

「結構いいじゃん」

慎市

テーブルに出されたランチが冷めてゆくのにも気づかず、鴻野はタブレットで響子のニュースを追っていた。

指が冷たく感覚を失ってゆく。それは身体中に広がってゆき、やがて悪寒にも似た震えが腹の底から湧き上がって来る。

あの頃とすっかり面変《おもが》わりしてしまったが、そこに映るのはまぎれもなく彼女だった。

「響子……」

鴻野は呟く。

それは自分の声とは思えないほど絶望をにじませていて、鴻野を追いつめた。

なぜこんなことに——。

いいや、響子は昔からそういう女だった。柔らかな物腰の中に、常に激しい意志を秘めていた。

そんな響子にとって当然の選択だったのだろう。

そして思う。すべては自分に起因しているのではないか。

響子。

声にならない声で、鴻野はその名を胸の中で呟き続ける。

ユミ

鏡に自分の姿が映ると、ユミは思わず笑ってしまいそうになった。

ほとんど金髪に近かった髪は、黒く艶やかに肩を流れている。極端に細く山形にカットしていた眉を、太めに緩やかに描き、ホワイトとパールを濃く入れていたアイシャドウも、ブラウン系をうっすらとのせる程度にした。ビューラーで睫《まつげ》をピンと上向かせ、マスカラを丁寧に塗る。口紅はブラウンからマットなピンク。いわゆるナチュラルメークにしただけで別人のようだった。その上、この紺に赤のトリミングがついたニットのワンピースである。ボストンバッグとデイパックにさえ目を瞑《つむ》ればどこから見ても山の手の女子大生、この辺りで言えばフェリスといった風情だろう。

この格好なら、警察にも、追っ手の連中にも、そう簡単に見つかりはしないはずだ。

お風呂に入り、下着もすべて替えたので、身体も気持ちもすっきりしていた。出血も止まっていた。まだ貧血が続いているのか頭はふらふらするが、昨日に比べたら雲泥の差だ。

それにしても、とユミは鏡の隅に映っている響子に目をやった。

自分も変わったが、おばさんの変わりようも大したものだ。ユミと入れ代わりにお風呂に入り、前髪の目立っていた白髪を染め、買ってきたパンツスーツに着替え、もう一度お化粧をしてやり、髪も整えると、まったくの別人になった。こうして間近に見ていても、指名手配になった写真ととても同一人物とは思えない。清掃員の格好をしていた時は、五十過ぎに見えたが、案外、若いのかもしれない。

ユミは時間を確認した。今、夕方の四時十三分。修身との約束まであともう少しだ。

響子が買い物に出ている間に、ユミは部屋の固定電話から、修身の携帯電話に連絡を入れた。念のためにスマホの電源は切ったままでいる。

「おまえ、何で、あんなことを」

修身が緊張しているのが、受話器を通しても伝わって来た。

「それしか方法がなかったのよ」

ユミは淡々と答えた。

「殺るつもりなら、最初から言えよ」

「そうしたら、あんた、止めたでしょう」

修身は黙る。

「郷田って男は死んで当然の奴よ。あいつに、私の人生はめちゃめちゃにされたんだ。それ、あんただって知ってるじゃない」

修身は声のトーンを落とした。

「そりゃそうだけど……とにかく警察だけじゃない、おまえんとこの組の連中も顔色変えて行方を追っている。噂はもうハマの方まで広がってる」

「ふうん」

「おまえ、その上、金まで盗《と》ったっていうじゃないか」

「そうよ。これで私、人生をやり直すんだもの」

「いくら盗った?」

「三千万」

「三千万だって!」

「たまたまよ、そんなにあるなんて思ってもなかった」

「すごいな、三千万か……」

修身のため息が聞こえる。

「修身、まさか今さら下りるなんて言わないよね」

憮然とした声が返ってきた。

「当たり前だろ、俺がおまえを裏切るわけないだろ」

「そうね、あんただけだよ、この世の中で信用できるのは。大丈夫、組の連中だって、まさか私があんたに連絡をとってるなんて考えてもいないよ」

「ああ」

「それで、手筈は？」

「万全だ。船は今夜だ。偽造パスポートを手に入れる算段もついてる」

「いくら払えばいいの？」

「悪いが五百だ。急だったから、ちょっと足元を見られちまった」

「仕方ないよ」

「金、大丈夫か心配してたけど、なるほど、その三千万があったわけだ」

「そういうこと。それで私はどうすればいい？」

「とにかく会おう。今、どこにいる？」

「元町のラブホテルよ」

「ラブホテル？」

「いちばん安全でしょ」

「なるほどな。じゃあどこで会う？　やっぱりあまり人気《ひとけ》のない場所の方がいいな」

「気にすることないよ。今の私を見たら、きっと修身、びっくりするから」

「どういうことだ？」

「会えばわかるって。そうだな、目立たないっていうなら、ＯＬとか女子大生が集まりそうな場所の方がいいな。きっとその方が目立たないから」

「だからって、港《みなと》の見《み》える丘《おか》公園ってわけにはいかないだろう」

「私はいいよ」

「おいおい、冗談だろ」

修身は苦笑し、ホテルニューグランドを指定した。

「一階のティールームに六時でどうだ」

「わかった」

電話を切って、ユミはボストンの中を確認した。少し減ってしまったが、これぐらい大した金額じゃない。修身に渡す金は五百万だ。密出国の手配を考えれば相応の値段だが、それもパスポートの件も含まれての金額だ。その上、急な頼みときている。銃はデイパックに移した。とにかく三千万という札束は思った以上に重く、少しでも軽くしたかった。

修身とはかつて恋人同士だった。渋谷でぶらぶらしている時に知り合ったのだが、会った瞬間、ユミは修身が自分と同じ種類の人間だとわかった。彼は捨て子だった。生まれてすぐに公園に置き去りにされたという。自分が何者かわからない。どこから来たのか、どんな血が流れているのか、何もわからない。修身はどう笑っていようと、どうイキがっていようと、常に中途半端でしかない自分の居場所に対する苛立ちが体臭のようにまとわりついていた。そして、それはユミも同じだった。

付き合ったのは半年ほどだ。渋谷でチンピラをしていた修身は、知り合いを頼って横浜に行くことになった。あの時「一緒に行こう」と言ってくれたが、ユミが背負っている借金をチャラにできるはずがなかった。つまりそれは新宿を出られるはずがない、ということだ。結局、別れたのだが、恋人関係が解消されても同志の意識は続き、連絡だけはそれからも途絶えることがなかった。

おばさんが帰って来るまで、ユミは暇にあかしてバッグの中の札束をベッドの上に並べてみた。百万の束を手にして札をぺらぺらさせると、昔にノートの端でやった動くマンガみたいだった。もちろん、福沢諭吉《ふくざわゆきち》はニコリともせず、無愛想にユミを見つめている。それを放り出して、札束の上に寝転がってみた。たかが紙切れ、破れば破れる、燃やせば燃える。それでも人はこの紙切れのために騙しもすれば殺しもする。金はこの世の中でいちばん獰猛《どうもう》な凶器だ。

今まで、自分の人生を振り返るなんて、ユミはしたことがない。それと同じく、自分のこれからを考えたこともなかった。未来なんてものは、宇宙と同じくらいわからない場所にあった。知らない男たちにどんなに身体をいじくられても、慣れてしまえば傷つきなどしなかった。自尊心なんて、持っていれば自分が痛むだけだ。自堕落と言われようが、投げ遣《や》りと呼ばれようが、生きる方法はひとつしか知らなかった。

ユミは起き上がり、札束をバッグの中に戻した。

けれどもう自分にはこのお金がある。これでおいしいものが食べられ、綺麗な洋服が着られ、快適な家に住める。今日まで手にしたことのなかったすべてを、これで買い戻してやるのだ。

ラブホテルを出て、ユミは響子と並んで元町の商店街を歩いて行った。

最初は緊張感で、歩く足取りも堅くなり、つい周りを窺ったが、その懸念はまったく必要なかった。デイパックとボストンバッグを除けば、ふたりは完璧に街の風景に溶け合っていた。すれ違う誰も疑いの目を向けはせず、たまに視線が送られて来たが、それは別の意味のものだった。

高速道路の高架をくぐって山下橋《やましたばし》に向かって歩いてゆく。このあたりはのんびりとした雰囲気があった。ふたりの前を老婆が四輪のついた買い物カゴを杖がわりに、ネジ式のおもちゃのようにトコトコ肩を揺らして歩いてゆく。それを下校途中の子供らが羽虫のように走って追い越してゆく。ベビーカーを押した若い母親。海からは潮の香りが濃く流れていた。風はトラックが吐き出す排気ガスや、堀川に漂うゴミの臭いを中和しながら、心地よくふたりの間を擦り抜けていった。

「あなたには、本当に何から何までお世話になって」

太陽が身体の左半分を暖めている。響子の声は、とても殺人の指名手配を受けている女とは思えない穏やかさだったが、確かにそれが似合いの夕刻でもあった。実際、ユミ自身、追われている身だという現実を忘れてしまいそうだった。

「いいよ、気にすんなって」

「結局、またお金をもらうことになってしまって」

ラブホテルを出る間際、また三万円を渡した。

「いいって。私、金持ってるんだから」

「でも、日本を出てからの大事な資金なんでしょう」

「うるさいな、しつこいんだよ。心配すんなって」

本当はもっと別の言い方がしたかったのに、こんな言い方しかできない自分が、ユミは少し歯痒《はがゆ》かった。

「今夜、船に乗るのね」

「ああ。今から手筈を整えてくれたダチと会うの。船に乗りさえすればこっちのもの」

「そうなのね」

「あんたはどうすんの」

「そうね、どうしよう……」

俯《うつむ》き加減に響子が答えた。ユミはイライラした。逃げればいい。日本の警察は相当優秀らしいが、この姿ならうまく逃げおおせるかもしれない。けれど、ユミはもう何も言わなかった。決めるのは響子だ。

「ま、好きにすればいいさ」

交差点に出た。今度こそ、別れの時だ。

「ホテルニューグランドってこっちでいいんだっけ」

「この交差点を左に曲がって真っすぐよ。友達とはそこで?」

「うん」

ユミは顔を斜めに上げて、響子をちらりと見た。目が合うと、ひどく居心地が悪かった。こんな場面は大の苦手だ。すぐに反対側に顔をそむけたが、目の端に困ったような響子の表情が掠めて、少し胸が痛んだ。

「じゃあ、私、行くから」

「身体に気をつけてね」

耳だけで、響子の言葉を聞く。

「バイ」

短く言ってユミは背を向けた。

その背中が熱かった。交差点で響子が立ったまま見送っているのが感じられる。これで最後なのだから、もう少し何か言ってやればよかったかもしれない。けれども振り向いても、返す言葉など何ひとつ持ち合わせていなかった。ユミは前を向いたまま、あいている方の手を高く上げて、手のひらをひらひらさせた。それが精一杯の別れの挨拶だった。


たしかに、貴志はつまらない男だったかもしれない。

小心で尻腰《しつこし》がなく、いつか何かやる男なんて、誰も思ってなかったろう。それでも、ユミには優しかった。何人もの男たちに組み敷かれた夜も、最後に貴志に抱き締められると身体が清められるような気がした。子供ができたと告げた時、貴志の顔にくしゃくしゃと笑みが広がるのを見て、ユミは初めて「未来」という言葉を思い描いた。

何故、貴志が殺されなければならなかったのか、どうしても納得がいかなかった。貴志の死を知って、茫然《ぼうぜん》と過ごした数日の後、ユミを襲ったのはその激しい疑問だった。

あの日、郷田から電話があって貴志は部屋を出て行った。ここのところ、貴志が郷田に使われているのは知っていた。郷田の仕事と聞いた時からいい感じはしなかったが、貴志にとっては大切な兄貴分だ。

その夜、遅くに帰って来た時、貴志は上機嫌で胸ポケットから茶封筒を取り出した。中には三十万が入っていた。

「どうしたの、こんな大金」

「郷田さんからさ」

「どんな仕事なの？」

聞いても、貴志は答えなかった。

貴志が藤森産業と関わっていたのは間違いない。しかし、総会屋の真似をし、会社をゆすり、金をせしめて逃げた、というのは違う。絶対に違う。そんな大それたことなど、郷田の下っ端でしかない貴志にできるわけがない。現に貴志は三十万しか手に入れてないのだ。

それを確かめたくて、ユミは郷田に会うために彼のマンションに出向いた。貴志が死んで一週間がたっていた。

郷田はユミの話をまともに聞こうともせず、フンと鼻を鳴らし、口元に薄く笑いを浮かべた。

「それでおまえ、俺に何が言いたいんだ」

「本当のことが知りたいだけよ」

「みんな本当さ。貴志の奴、身の程知らずのことをやりやがって。組を裏切りゃどうなるかわかってるはずだ。おまえと所帯を持ちたくて、そんな大それたことをしでかしたんだろ。自業自得ってやつさ」

「貴志はあんたの仕事を手伝ってるって言ってた」

「覚えはないね」

「大金を持ち逃げしたっていうのは、本当は――」

郷田と目が合った。ひやりとするような冷酷な目だった。

「本当は、何だ?」

「あんたなんじゃないの?」

奴の手が伸びるのが見えた、と思った瞬間、ユミは椅子から転げ落ちていた。殴られた、と気づくまでしばらく時間がかかった。

「下らないことを口にするんじゃねえ」

郷田は低い声で言った。その時、ユミは確信した。

「やっぱり、あんたなんだ」

郷田が唇の右端を軽く持ち上げ、小馬鹿にしたようにニヤリと笑った。それを見たとたん、ユミは郷田に飛び掛かっていた。

「この野郎、この野郎」

叫びながら、郷田のセーターを摑み、肩に嚙み付く。骨が歯に当たってガリガリと鳴った。

「何しやがるんだ」

郷田がユミの髪を引っ張り、引き離す。頭ごと床に叩きつけられた。今度は足にしがみつき、太ももに齧《かじ》りついた。

「返せ、貴志を返せ」

「馬鹿野郎」

郷田の足がユミの腹を蹴った。それは鳩尾《みぞおち》に食い込み、ユミは衝撃に身体を丸めて床の上を転がった。息ができなくなり、苦しさに目の端が涙で滲んだ。そんなユミの頭上から、吐き捨てるような郷田の声がした。

「おまえ、何様のつもりだ。売春婦がつべこべ口出すんじゃねえ。貴志と同じ目に遭《あ》いたくないなら、黙って引っ込んでろ。いいか、わかったな」

短く何度も息を吐き、ユミは痛みをこらえた。やがてその痛みは熱さに代わり、身体の奥底がじりじりと焼《や》け爛《ただ》れてゆくような感触が広がった。ユミは両手でお腹を包み込んだ。流産したのはその夜だった。

ティールームの窓際の席に腰を下ろし、ユミはメニューを広げた。

席は半分ほど埋まっている。場所柄か外国人が多い。聞こえて来る意味のわからない会話は、むしろ耳に心地よかった。ウェイトレスがオーダーを取りにきた。本当はビールを飲みたいところだが、それは我慢してミルクティーにした。そんな頼りないものなど普段はとうてい飲む気にならない。けれども今日のこの化粧と服装には、ビールもコーヒーも似合わない。運ばれて来たミルクティーを、ユミは音をたてないよう気を遣いながらすすった。

窓からは本館とタワーに囲まれたパティオが眺められる。芝に囲まれた真ん中の丸い噴水から、レースのように水が落ち、夕日を浴びてきらきらと輝いていた。

ぽっかりと現実が抜け落ちてしまうような光景だった。今頃、組や警察で起きているであろうすべての出来事が、どこか知らない国の知らない事件のように感じられた。

「ちょっと」

ユミはウェイトレスに声をかけた。

「はい」

愛想のよい顔で近付くウェイトレス。

「ミルクティーをもう一杯ください」

「かしこまりました」

貴志。

ユミは小さく呟いた。

あんた、死ぬまで一度だってこんなホテルでミルクティーなんか飲んだことなかっただろ。


売春仲間の容子《ようこ》が訪ねて来たのは、病院から戻った日だった。

貴志の死の噂は、当然ながら耳に入っていたのだろう。ぐったりと寝込んでいるユミを見ると、彼女は同情と憐憫がないまぜになった顔で、持ってきたコンビニの袋からお見舞いのつもりらしいスナック菓子やプリンを取り出した。

「大変だったね」

笑うと目尻に数本くっきりとシワが寄る。自分では二十四歳だと言っているが、それよりかなり年上であるのは間違いない。化粧を落とした時の顔は、いたんだマヨネーズのような色をしていた。大して親しいわけではなかった。いったい何のために、と訝《いぶか》しく思っていると、察したかのように彼女が話を切り出した。

「実は、あんたの耳に入れておきたいことがあってさ」

「何だよ」

とにかく身体がつらいのと、容子がうっとうしいのとで、ユミは邪険な口調で答えた。

「あんた、尚美《なおみ》って知ってるでしょう」

「ああ」

胸が大きくて、いつも欲情に目をぬめらせているような女だ。当然だが、稼ぎはいい。

「今ね、尚美んとこに、すごいお金があるらしい」

ユミはだるい身体をベッドに投げ出したまま、ゆっくりと顔を向けた。

「百万や二百万のお金じゃないみたい。海外旅行に行くだの、タワマンに住むだの、何かすっかり浮かれてんのよ。それって何か変でしょう。あの子にそんな特別なお金が入るわけないもの」

「お金、見たの？」

「うん、ボストンバッグの中身をちらっと」

ユミは黙って、容子の顔を見た。容子はまるで自分が悪いことをしたように、視線を逸らした。容子はかつて郷田の女だった。かなり長い付き合いだったが若い尚美に奪われた。その経緯から、尚美に悪意を抱いているのは知っている。わざわざユミに情報を流そうとするのは何のためか。どんな形でもいい、尚美を痛い目に遭わせたいからだろう。容子は郷田という男を知り尽くしている。彼女もまた、貴志の死に郷田の臭いを感じているに違いなかった。

容子は長居しなかった。「あたしから聞いたって言わないで」と言い残して、そそくさと帰って行った。それからどれくらいの時間がたったのかよくわからない。いつのまにか部屋は暗くなっていた。電気をつける元気もなく、通りの街灯がぼんやりと窓を縁取っているのをユミは見つめていた。頭の中にあるのは、ゴミにまみれて東京湾に浮かんでいる貴志の姿だった。ペットボトルやスーパーのナイロン袋、油に反吐《へど》、それらと一緒に堤防の片隅でゆらゆら揺れている。その想像がユミを残酷に痛めつけた。夜は静かに深まってゆく。ユミは自分の中で、徐々にひとつの決心が固まってゆくのを感じていた。

やがてユミはベッドから起き上がり、ブラやショーツが押し込まれたチェストの奥に手を突っ込んだ。堅い感触が返ってくる。このトカレフは、貴志が宝物のように持っていた銃だった。今時、銃なんて流行《はや》らない、そんなユミの言葉にも「いつか自分を守ってくれる」と言って、決して手放そうとはしなかった。

決心したその夜遅く、ユミは修身に連絡を取り、日本から出たいという意志を伝えた。事情はかいつまんで話しただけだったが、修身はしつこく問い詰めたりはせず「わかった」とだけ短く答えた。

「おまえが俺に頼みごとをするなんて初めてだからな。本気なら、何としても叶えてやる。ちょうど二日後の夜、発《た》つ船があるんだ。行き先はフィリピンだ。それを手配しておくが、それでいいか」

「うん、頼む」

翌日の朝、ユミは尚美の住む四谷《よつや》のアパートに向かった。仕事仲間のひとりから強引に借りてきたホンダ・フィットは、近くの時間貸し駐車場に放りこんでおいた。

訪ねて来たのがユミだと知ると、尚美はひどく狼狽《うろた》えた表情をした。最初は何のかんのと理由をつけて部屋に入れようとはしなかったが、にこにこ笑ってやるといくらか安心したのか、招き入れた。

「それで、何なの、聞きたいことって」

2DKのアパートは、ピンク色で統一されていた。テーブルもチェストもピンクで、おまけにソファには大きなテディベアのぬいぐるみが座っていた。フリルのついたカーテンやクッション。部屋自体が派手な熱帯魚のようだ。こんな所で暮らしたら一晩で気が狂いそうだ。

「海外旅行に行くんだって？」

決して言葉に険が含まれないよう注意しながらユミは尋ねた。

「あら、何の話？」

「とぼけなくてもいいでしょ。みんな知ってるよ。その上、タワマンだってね。この不景気な時に豪勢ねぇ」

「何の話かわかんない」

尚美がテーブルの上の細い煙草に指を伸ばした。

「私は別にあんたを責めにきたわけじゃないんだ。ただ本当のことを知りたいだけ」

「だから、何の話よ」

尚美はイライラしながら煙草に火をつけた。部屋に入れたのをひどく後悔しているようだったが、もう遅い。二、三度煙を吐き出すと、せわしなく灰皿に押しつけた。

「貴志のことに決まってるだろ」

「悪いけど、今から出掛けなくちゃなんないの。またにしてくれる？」

「またはないんだよ」

低い声でユミは言った。尚美の表情に、すっと不安の影がよぎった。その時の尚美はまだユミを甘く見ていた。所詮《しょせん》、女同士だ。言葉のやり取りだけで何とかなる、と思ったのだろう。しかし、そんなはずはなかった。女同士ではない。男と子供を殺られた女と、殺った男の女なのだ。ユミはデイパックから銃を取り出した。

「あ、あんた、何を」

尚美は顔を引きつらせ、腰を下ろしたままずりずりと後ずさった。ピンクのラグマットが、よれて波打った。ユミは立ち上がり、銃口を尚美の頭に向けた。

「こんなこと郷田に知られたら、あんたも、ただじゃすまないよ」

「も？」

自分の言葉の失策に、尚美は口を半開きにして、ちろちろと赤い舌を震わせた。

「喋りなよ」

無機質な冷酷さでユミは言った。

「いったい何を……」

「だから全部だよ」

ユミは安全装置をはずした。それは絶望的な音色で、尚美をすでに半分、死に追いやったも同然だった。ユミが本気であるとようやく気づいたのだろう。恐怖のあまり、尚美の顔に涙と鼻水が流れてゆく。

「わかった、話すから。だからお願い、撃たないで」

上擦《うわず》った声で哀願した。

ひと月後に控えた株主総会に、藤森産業は神経を尖らせていた。総会屋が現われるらしいとの噂は、関係者の頭痛の種となっていた。そこに郷田が会社に話を持ち掛けたのだ。

「三千万で手打ちにさせてもらう」

貴志はその金の受け渡しのパシリをやらされただけだ。ただそれだけなのに、その貴志がなぜ殺されなければならなかったのか。

実際には、藤森産業に総会屋なんて介入していなかったからだ。

もともと計画を持ち掛けたのは、跡取り息子の佑介だった。郷田とは古い遊び仲間で、十代の頃からツルんで悪事を働いていた。佑介が海外に出されている間はしばらく交流もなかったようだが、帰国してから付き合いが復活した。

しかし帰国後、佑介は父親の厳しい監視下に置かれ、遊ぶ金にも不自由するようになった。その佑介がハマったのが、ヤクザがらみのポーカーゲームだ。借金は半年ばかりで一千万近くまで膨れ上がっていた。

もちろん藤森産業全体の財産からすれば、一千万ぐらいの金はどうにでもなる。しかし父親の功一郎がこの件を知れば、また日本を追い出されるだろう。アメリカなんて名ばかりの、ロクなパブもない田舎に追いやられるのはまっぴらだった。副社長の椅子は目の前だ。そのポジションに納まりさえすれば、後は何とでもなる。そのためにも、借金を内密のままでチャラにしておきたかった。

佑介は会社からせしめることを考えついた。どうせ跡を継ぐのは自分だ。いずれはすべてが自分のものになる。そうなる少し前に借りるだけではないか。佑介は郷田に相談を持ち掛けた。引き出す金は三千万。手数料として郷田に五百万。借金を払って残りの一千五百万はこれから遊ぶ資金だ。こんなおいしい話に郷田が乗らないはずがなかった。

そこからの筋書きは郷田が考えた。何しろ、佑介が裏で糸をひいている。会社の弱みのひとつやふたつ、聞き出すのは簡単だった。

佑介から、藤森産業の中に多額の投資に比して収益が安定せず、不採算となっている事業があるのを聞き、郷田はそれに目をつけた。

総会屋と聞けば、会社側が対応に頭を悩ますのはわかっていた。株主総会をつつがなく終えるためにたかだか三千万で済むのなら、使途不明金や架空交際費、裏金を使えば払える。実際、法規制があるとわかっていながら、そうやって総会をうまく納める会社は、表立ってはいないが今もなお数多くある。

呆気《あっけ》ないくらい簡単に計画は成功し、郷田と佑介は三千万を手にした。しかし、そこで計算が狂った。組の上層部にその情報が漏れたのだ。

組は騒然となった。組の名を使って、藤森産業から金をせしめた組員がいる。すぐに追及が始まった。郷田はあせった。それが自分だと知られれば、組を追い出されるだけでは済まない。

結局、貴志がそのすべてをなすりつけられ、郷田の手によって東京湾に浮かぶことになったのだ。

「郷田をここに呼び出しな」

ユミは銃口を突き付けたまま言った。もう尚美は抵抗する気力もなくしていた。四つんばいでバッグからスマホを取り出した。

「ああ、あたしよ、尚美」

尚美は両手でスマホを包み込んでいる。そうしないと、手が震えるのだった。

「今すぐ来て……わかってる、でも会いたいの……そうよ、今すぐ……だって、あんたとしたくてたまんないんだもの……ええ、じゃあ待ってるから」

受話器を置いて、尚美は涙と鼻水でぐしゃぐしゃになった顔でユミを見上げた。

「あたしは関係ないから。郷田から話を聞いただけ。それだけなんだから」

「金、ここにあるんだろ？」

「まさか」

「あるんだったら、さっさと出した方が身のためだよ」

尚美は何度か肩で大きく息を吐《つ》いた。この期《ご》に及んでも、強欲さは消えない。何とか金を渡さなくて済む方法はないか、と探っている。

「出さないと後悔するよ。いや、後悔さえできなくなるよ」

ユミは尚美の頭にぐりぐりと銃口をめり込ませた。

「殺すの？」

尚美が泣きそうに言った。

「あんたの出方次第」

無意識に自分の爪のささくれを剝《む》いている。指先に血が滲んでいるのに気づき、尚美は口に含むと、諦《あきら》めたように答えた。

「わかった、出すから……」

緩慢な動作でクローゼットへと行き、ボストンバッグを引っ張りだしてきた。

「広げて」

言われるままに、尚美がファスナーを開く。札束が詰め込まれているのが見てとれた。

「いくらある？」

「三千万、儲けた分全部よ。ほとぼりがさめるまで、手をつけないつもりでいたみたい」

「郷田もバカだね、あんたみたいな口の軽いのを女にしてさ。こっちに寄越しなよ」

未練がましい手つきで、尚美はバッグをユミへと押しやった。

「これでいいんでしょ。お金はみんな渡したんだから、早く出て行ってよ」

「まだ、本当の目的は果たしてない」

「目的って何よ」

言ってから、尚美の目に再び怯えの色が滲んだ。

「あんた、まさか……」

「その通り。けど、その方があんたにも好都合ってもんじゃないのかな。このまま私がこの金を持っていなくなったら、あんたはどうなると思う？　郷田って男のことはよく知ってるはずだろ、まさか、殴られるだけで済むとは思ってないよね」

尚美は眉間にきゅっとシワを寄せ、思案するように黙り込んだ。

玄関のチャイムが鳴ったのは、それから三十分ほどしてからだ。尚美はユミを見上げた。

「あたしを殺さないと約束してくれる？」

「早く開けて。それから郷田をこのソファに座らせるの」

尚美は頷くとゆっくりと立ち上がり、ドアへと近付いた。どんなに頭が悪くたって、自分の命がかかっていればさまざまな方法を考える。尚美は彼女なりに、自分のいちばん得になる方法にたどりついたようだった。

「何だよ、急にやりたいなんて。おまえ、朝っぱらからそんなことばっかり考えてんのか」

ドアが開かれると同時に、郷田のヤニ下がった声が聞こえてきた。ユミはソファの後ろに身を潜めて、郷田が部屋に入って来るのを待った。緊張は否めない。銃を握る手が冷たい汗でねっとりと濡れていた。

「ねえ、ソファに座って」

尚美が甘えた声で言う。

「時間がないんだよ、すぐベッドに入るぞ。早く脱げよ」

「ここでしたいの、いいでしょう」

「しょうがねえなぁ」

郷田が腰を下ろした。その欲と脂肪にまみれた身体がソファに埋まる。

ユミは背後から、郷田の頭に銃口を突き付けた。一瞬にしてその身体が強張《こわば》った。

郷田は前を向いたままだが、見えなくとも、その顔が緊張で引き攣《つ》っているのがわかる。

「動くなよ」

「あ、ああ」

飽食で醜く太り、身体中を腐らせた郷田は、肉で埋もれた顎を揺らした。

「おまえ、ユミか」

強張った声で言ってから、郷田は、今度はやけにざっくばらんな口調で続けた。

「なに馬鹿なことやってるんだ。そんな物騒なものはとっととしまえよ。参ったな。どうやら誤解があるみたいだな。この間は手荒な真似をして悪かったよ。俺はどうも短気なところがあってな。悪い癖だって反省してる。ちょうどいい機会だ。この際、ゆっくり話し合おうじゃないか」

ユミは答えない。

「言っておくが、貴志の件に関して、俺は本当に関係ない。むしろ巻き込まれて迷惑してるんだ。信じてくれよ。佑介だよ、もともとみんなあいつが仕組んだことなんだ。佑介のことは知ってるだろう、藤森佑介。そうだよな、忘れるわけねえよな。おまえ、まだ十三だったもんな。とにかくだ、佑介はああいう奴なのさ。自分の欲望のためになら何でもやる、そういう男なんだよ。貴志のことは気の毒だと思ってるよ。あんな結果になるなんて貴志も悔しかっただろうよ。でも、俺は関係ない。本当だ、神に誓ってもいい」

ユミは黙って最後まで聞いた。喉元まで反吐がせり上がっていた。いけしゃあしゃあと嘘を並べたて、自分が助かるためなら何でもやる。こいつらは屑以下だ。

黙ったままでいるユミを、郷田は見当違いの解釈をしたようだ。いくらか気持ちに余裕を持ったのか、ゆっくりと首を斜めに上げ、ユミに目を向けた。それから口元に下卑《げび》た笑みを浮かべた。

「な、だからこんな馬鹿な真似はよせって。何の得にもなりゃしない」

ユミは全身の毛穴がすべて開くような怒りを感じた。目の前にいるのは、この世の中でいちばんおぞましい生きものだ。いいや、生きものですらない。

「もう、話は終わり？」

ユミは郷田を見下ろした。目が合った。瞬間、郷田はユミの真意を読み取った。

「おまえ」

「死ねよ」

引き金を引く。パン、と乾いた音がした。肩に強い衝撃があった。

郷田の身体は一度ソファの上で跳ね、どたりと前につんのめった。ガラスのテーブルが大きな音をたてて割れる。尚美が叫び声を上げた。壁に血と頭蓋骨の欠片らしきものが飛び散っている。部屋には火薬の臭いがうっすらと漂った。

しばらく、死んだ郷田を眺めていた。それから血を浴びた自分に気づき、洗面所に行って、手と顔を洗った。尚美は腰が抜けて動けない。口を蛙みたいにパクパク動かしているだけだ。血は服にもはねていた。ユミは尚美のクローゼットの中から、いくらかマシな趣味の服を取り出し、それに着替えた。それからもう一度郷田を見下ろし、デイパックを背負うと現金の入ったボストンバッグを手にした。

もうひとり、殺さなければならない男がいる。

約束の時間に十分ほど遅れて、修身はティールームに現われた。しばらく店内を見廻《みまわ》してから、目をしばたたかせながら近づいて来た。

「おまえ、ユミか……？」

ユミは唇の端をきゅっと持ち上げて笑った。

「おいおい、何だよ。へえ、すごいな。これじゃ誰が見たってユミだなんてわからない」

向かい側の席に腰を下ろし、修身は感心したようにユミを眺めた。

「だから、言ったろう」

修身と会うのは一年ぶりだった。四歳年上だが、どこか幼さが抜けない顔をしていたのに、蛇頭《じゃとう》と組んで仕事をするようになったせいか、以前にはなかった迫力が備わっている。

「修身はいい男になったじゃん」

「それだけ苦労してんのさ」

修身は少し前かがみになり、真顔になって声をひそめた。

「大変だったな」

その言葉にすべての意味が含まれていた。嬉しかった。世の中のあらゆる相手を敵に回しても、修身という心強い味方が自分にはいるのだと確信した。

修身はウェイトレスの注文にコーヒーと答えてから、ユミの足元にあるボストンバッグを顎でしゃくった。

「それか?」

「まあね」

「その金で、この薄汚れた日本を捨てて、知らない国で新しい人生を始めるのか。何か、羨《うらや》ましいよ。俺も一緒に行きたくなる」

行こうよ、と思わずユミは言いそうになった。修身となら、きっと楽しく生きてゆける。

嫌いで別れたわけじゃない。修身だってきっと同じ気持ちのはずだ。だからこそ、危険を承知でこうしてユミの逃亡の手助けをしてくれるのだ。

けれども、それが言葉になる前に、修身は顔を引き締めた。

「先に段取りを説明しておくぞ。本牧埠頭《ほんもく》B突堤に、倉庫を改造した『J』というレストランバーがある。そこに入って右手にあるカウンターに座っているんだ。今夜十時に、キマイルという男が現われる。フィリピン人だが、日本語もわかるから心配しなくていい。そいつが艀《はしけ》で沖に停泊している船までユミを案内する。あとはその船に乗り込めばいい。パスポートの件はわかってるな」

「船の中で渡されるようになってるんだろ」

「そういうことだ。店には、俺が一緒に付いて行ってやればいいんだけど、内緒でやっている仕事だから、目立った動きはできないんだ。あの辺りは知ってる顔も多いし、もしユミの逃亡を助けたってバレたら、俺はもうこの世界では生きてゆけない。だから、悪いな、勘弁してくれ」

「いいの、気にしないで。ひとりで大丈夫。これからずっとひとりで生きてゆくんだから」

それからユミは真正面から修身を見つめた。

「ありがとう、修身。あんたのことは一生忘れない。いつか手紙を書くよ。すごくいい男をつかまえて、赤ん坊なんかと写した写真と一緒にね」

修身がきゅっと唇を結んだ。

「ああ、きっとな。おまえは今まで不運過ぎたんだ。今度こそ、自由になって幸せって奴を手に入れろよ」

「うん」

不意に、熱い思いが込み上げた。ユミは慌てて目をこすった。それでも間に合わず、頬をほろほろと涙が落ちていった。

「馬鹿みたい、私ったら」

「俺の前だろ、遠慮するこたないさ。どうせ泣くのもこれが最後だ。これからは笑って暮らせる毎日が待ってるんだから」

身体中の緊張がほどけてゆく。安らかな気持ちだった。悲しさでもなく、悔しさでもない涙を、ユミは嚙みしめていた。

「泣いてるユミもなかなかいい女だけど、顔、ちょっと直して来いよ。目の下、真っ黒になってるぞ」

ユミは首をすくめた。そんな言葉も嬉しかった。

「あはは、じゃ行って来る」

席を立ってトイレに向かった。それはティールームを出て右手の廊下の奥にある。ユミは鏡の前に立つと、デイパックからポーチを取り出した。ティッシュを水で濡らし、マスカラを落としてから、パウダーファンデーションのスポンジで目の下をなぞる。

ずっと不運だったと、自分でも思う。密入国者の母親から生まれた時から、払ってももがいても、影法師のように不運がついて回った。けれど、今夜そのすべてを捨てられる。これからは太陽と海と陽気な男たちに囲まれて一生幸福に暮らしてゆくのだ。

化粧を直して、ティールームに戻った。席に修身の姿はなかった。ユミはロビーを振り返った。ここでスマホは使えない。誰かに連絡でも取りに行ったのだろうか。

その時、ハッと息を呑んだ。テーブルの下に置いたボストンバッグがないのに気づいたからだ。ユミの胸に棘《とげ》のような不安が湧いた。しかし慌ててそれを打ち消した。席をあけるのに、バッグを置いていっては不用心だ。そう気をきかして、一緒に持って出たのだろう。きっと、すぐに戻って来る。そう、すぐに。ユミはソファに腰を下ろした。

時計の針がゆっくりと時を刻んでゆく。やがて膝の上で組んだ指が震え始める。そんなはずはないと思い、それと同じくらいの疑惑が身体に広がってゆく。

「すぐよ、すぐ戻るから」

しかし、震える指先を止めることはできなかった。ユミはただその言葉を呪文のように繰り返した。

響子

山下橋でユミと別れてから、響子はしばらくの間、あてもなく歩いた。しなければならないことは何もない。どこに行こうという気もない。

ただ、自首は考えていなかった。捕まっても構わないという思いはあるが、自首とはまったく別の感覚だった。それよりも死を連想した。その選択が、何よりもふさわしい結末のように感じた。

どんな形にしろ、生きるためには理由がいる。響子を今まで生かしてきたものは、藤森佑介に対する憎悪だった。それは水や空気や食べ物以上に、響子に力を与えた。その目的を果たした今、生き続ける必要がどこにあるだろう。生きる理由が何もないということが、死ぬ理由にもなるはずだ。

気の向くまま細い坂道を登ってゆくと、整備された公園に出た。港に向かって展望台が広がっている。ぽつぽつとカップルの姿があった。フェンスに近付くと、横浜港が見渡せた。街の灯りと海に点在する船。目の前に緩やかに弧を描くベイブリッジ。少しずつ下りてくる夜の気配が、すべてにうっすらとヴェールをかけている。

響子はしばらくの間、その風景に見入った。美しく健全で、終わりにはとてもふさわしい気がした。

海風が頬を撫《な》でる。結い上げた髪がいくらか乱れて、響子はふと手をやった。そして指先に触れるものを感じて気がついた。髪飾りだ。それを借りたままだった。

ユミは母親のたったひとつの形見だと言っていた。別れる時に返そうと思いながら、つい忘れていた。響子は髪飾りをはずした。髪が肩に崩れ落ち、二、三度頭を振って、髪を風に解き放った。銀細工の髪飾りは手のひらにひんやりした感触をもたらした。

今夜、彼女は船に乗ってしまう。その前に返さなければ、返すチャンスは二度とない。別れ際、ユミはホテルニューグランドへ行くと言っていた。あれから二時間近くたっているが、まだそこにいるだろうか。とりあえず行ってみよう。響子は急ぎ足で坂を下りた。

山下公園《やましたこうえん》通りは、すでに夜の雑踏が始まっていた。人波を掻き分けるようにして、響子はホテルへと急いだ。ホテルは本館とタワー館がある。本館のドアから中に入り、並んでいるレストランやラウンジに顔を覗かせたが、ユミの姿は見当たらない。廊下で繋がったタワー館へと足を延ばしてゆく。パティオに面したティールームで、ようやくその姿を見つけだした。

ユミはひとりだった。会うと言っていた友達はいない。彼女は惚けた表情で宙に視線を浮かせている。その様子に不可解さを感じながら、響子は近づいた。

「ユミさん」

声を掛けたが、答えはない。テーブルの上にはからになったティーカップがふたつ置いてあった。それはすっかり乾いて、白いカップの底に褐色のシミを残していた。

「ユミさん、どうかしたの？」

響子はあいている向かいの席に腰を下ろした。ユミの目がわずかに動いて、響子へと向けられた。けれども反応はない。脱け殻のような空洞の瞳があるだけだ。

「間に合ってよかった。髪飾りを返すのをすっかり忘れてしまってたの。ごめんなさいね。もう、友達との話は済んだの？」

響子はユミの顔を覗き込むようにして尋ねた。

「ユミさん？」

ウェイトレスがオーダーを取りにきた。「すぐ帰りますので」と、響子は断わった。さすがに教育が行き届いているのか、イヤな顔はしない。

「じゃあ、ここに置くわね。貸してくれてありがとう」

席を立つと、ユミが何か言ったような気がした。響子は顔を向けた。ユミは唇の両端をきゅっと持ち上げて、口元から白い歯をこぼした。笑っているのだった。初めは含み笑いのようだったが、それはだんだんと大きくなってゆく。やがてティールーム全体にまで響き渡るほどになった。ウェイトレスや他の客たちが怪訝《けげん》な視線を投げて来る。注目はいちばん危険だ。実際、こちらを窺いながらひそひそと耳打ちしている客もいる。

「やめて、ユミさん」

それでもユミの笑いは止まらない。響子は周りを見回した。このままではあまりに目立ってしまう。もしかしたらバレてしまう懸念もある。響子はユミの腕を取った。

「行きましょう」

ユミはまるで脱け殻だった。席から立ち上がらせても相変わらず笑い続けている。抵抗する仕草はみせなかった。響子は髪飾りをポケットに入れ、足元にあるユミのデイパックに手を伸ばした。それを肩にかけてから、席の周りを見回した。

「ユミさん、バッグは？」

ユミは答えない。

「あのボストンバッグはどこにあるの？」

響子はユミの肘を摑み、揺らした。

ユミは惚けた表情のまま、ゆっくり響子に顔を向けると、呟くように初めて言葉を口にした。

「ないの」

「え？」

一瞬、意味がわからない。

「もう、ないのよ」

「どういうこと？」

意味はよく理解できなかったが、いつまでもここにいるわけにはいかなかった。とにかくこのティールームを出よう。響子はユミの腕を取って、レジで精算を終え、外に出た。

通りを挟んだ向かいは山下公園だ。とにかく通りを渡った。氷川丸《ひかわまる》のイルミネーションが絵の具を滲ませたように水面に揺れている。

カップルの群れを避けて、響子は人目に付かないベンチにユミを座らせた。

「いったい何があったの？」

ユミは相変わらず焦点の合わない目を宙に泳がせているだけだ。響子は質問するのを諦《あきら》め、空を眺めた。星のない夜空に、赤い月が浮かんでいた。今は何を聞いても無駄のようだ。待つのに何の不都合もない。ユミが自分から話しだすまでこのままにしておこう。海風が柔らかく首筋を撫でてゆく。それはたっぷりと水分を含んでいて、肌を湿らせた。しかし決して不快ではなく、むしろ緊張した頰に心地よかった。目の前をカップルがもつれるように通り過ぎてゆく。きらびやかな夜景が、いやがうえにも恋人たちの雰囲気を盛り上げている。

ようやくユミが小さく呟いた。

「これで、すべて、終わり」

響子はゆっくりと顔を向けた。

「どうして？　これから始まるんでしょう」

「一文無しになっちゃった」

「何かあったの？」

「あの三千万、盗られたの」

響子は返事に詰まって、ユミの顔を見なおした。

「私ってどこまで甘ちゃんなんだろ。自分以外の誰も信じちゃいけないって、あれほど母親から言われてきたのに、何にも身についていないんだから。ほんと、大バカ」

「盗ったのは、その友達なの？」

「ちょっとトイレに行ってる間に、ボストンバッグと一緒にいなくなってた」

「そんな……」

「信じてたんだけどね。あいつだけはって。世の中の誰が裏切ったって、あいつだけはそんなことはしないって」

ユミは背を反らして夜空を見上げた。そこは地上のきらびやかさとは対照的に、墨汁で塗《ぬ》り潰《つぶ》したようなぺったりとした夜空が広がっている。月だけがとり残されて孤独に輝いていた。

「何だかもう、どうでもいい」

「ユミさん……」

「ほんと、もうどうでもいい。逮捕されようが、殺されようが、好きにしろって感じ」

ユミは大きくため息をついて、首を後ろに反らせた。

「そんなこと言わないで。お金はなくなったかもしれないけど、それですべてが終わったわけじゃない。お金がなければ逃げられないの?」

呆れたようにユミが答える。

「当たり前だろ。たとえ日本から出られたって、一文無しであっちでどうやって暮らすんだよ」

「出られることは出られるのね？」

「え？」

「今、そう言ったじゃない」

「さあ、どうだか。あいつから、今日の夜に、相手側と落ち合う場所と時間は聞いたけど、本当かどうか。きっとデタラメに決まってる」

ユミはもうすべてを投げ出してしまっている。響子はしばらく黙った。汽笛が風に運ばれてきた。それは傷ついた動物の遠吠えのように聞こえた。

「ねえ、あなたがその友達に、日本から出る手配を頼んだ時、お金の話はしていたの？」

「何でそんなこと聞くのよ」

「いいから、話して」

「してないよ。郷田を殺すってことも言ってなかった。言えば、いくらなんでもあいつもビビるだろうし、止められるってわかってたから」

「お金のこと、喋ったのはいつ？」

「今日の午前中だよ。あんたが買い物に出ている間に、電話を入れたんだ」

「その時、その友達はどう言ってた？」

「どうって？」

「船の準備はどうなってるって？」

「すべて手筈は整ってるって」

「だったら、出られるんじゃないの？」

ユミは一瞬、困惑の表情を見せた。

「場所と時間は？」

「今夜十時、本牧のB突堤の『J』ってお店……そこにキマイルという男が来るって言ってた。すべては彼に任せてあるからって」

響子は腕時計を見た。今、九時を少し回ったところだ。すぐに立ち上がった。

「行きましょう」

ユミが驚いたように見上げる。

「無駄だって、そんなの嘘に決まってる」

「とにかく行ってみましょう。その友達、ううん、もう友達じゃないわね、その男は少なくとも計画的にユミさんのお金を狙ってたわけじゃない。最初はきっと、本気であなたを逃がしてあげようと思ってたのよ。でも、現金を前にしたら目が眩《くら》んで持ち逃げした。それはきっと船の件とは別に起こったのよ」

「そうかな……」

ユミの目がせわしなく動く。彼女なりに必死に考えているようだ。

「行ってみればすべてわかるわ」

「でも、でもさ」

「何?」

「たとえそうだったとして、五百万が必要なの。もうお金はないのよ」

「何とか誤魔化しましょう」

「どうやって」

「それは、修身という男が支払うことになってるとか」

「うまく日本から出られたとしても、お金がなくてどうしてあっちで暮らしてゆくのよ」

「お金がなきゃ、働けばいいじゃない。贅沢したいから日本を出たいの? そうじゃないでしょう。新しい人生を始めたいからでしょう。何もかも捨てて、あっちで一から始めるんじゃなかったの」

ユミは黙った。

「とにかく、行ってみましょう。船のことも嘘だったら、その時にまた考えましょう。ここでじっとしていたって、どうしようもないもの。何もかもなくしてしまったのなら、尚更、どんな小さな可能性でもそれに賭けるしかないんだから」

それでもまだ渋るユミを促して、響子は公園を出た。本牧埠頭B突堤までは、公園通りを東南に向かって真っすぐに進めばいい。響子は手を上げ、タクシーを止めた。

ユミは車のシートに深く身を沈めて、無言を決め込んでいた。響子も話し掛けはしなかった。ユミが今、何を思っているか、響子は理解しているつもりだった。気持ちが萎えて、投げ遣りになっている。警察や組に捕まること以上に、ユミにとって友人の裏切りは大きなダメージだったに違いない。

信頼というものがどれほど儚く、またいつ何時、凶器に変わるか、響子もいやというほど見てきた。あの時、打ち寄せる波のように、次から次と人の心の変化を突き付けられた。「あの人だけは」、それを呟き、呟いた分だけ唇を噛み締めなければならなかった。響子は興味本位という悪魔だけでなく、信頼していた多くの人間たちに刃を突き付けられた。それは死んだ可菜を踏《ふ》み躙《にじ》られるのと同じだった。あの日以来、響子は憎しみ以外のすべての感情に鍵をかけた。生きている可菜を守れなかっただけでなく、死んだ可菜も守れなかった。その後悔と復讐だけに自分のすべてを注ぎ込んだのだ。

ふと、視線を感じて顔を上げた。ルームミラーの中で運転手と目が合った。先にそらしたのは運転手の方だった。悪い予感がした。もしそれが若い運転手なら、響子も何も思わなかったろう。ユミを気にして当然だ。気にされるだけの美貌をユミは持っている。しかし運転手は初老というより老人に近い。タクシーを止めた時には気がつかなかったが、プレートを見ると個人タクシーだ。長い経験があるのだろう。きっと人を観る術《すべ》に長《た》けている。まさかと思うが、何か気づいただろうか。

十分ほどで、車は目的地に到着した。

下りぎわ、運転手は響子とユミに視線を何度も往復させた。『J』に向かって歩き始めてから、もう一度振り向くと、まだこちらを見ている。やはり何かを感じたようだ。しかし、だからと言ってどうすればいい。とにかくこの店で、キマイルという男を待つしかない。

人気のない倉庫街に現われたネオンは、まるで怪しい異国の地に迷い込んだような気分にさせた。

『J』の扉を押すと、暴力のような大音量が溢れてきた。実際、音楽は身体に痛いほどの大きさで鳴らされている。ユミは平気そうだが、響子は息を整えないと弾き飛ばされてしまいそうだった。やがて陽《ひ》に灼《や》けた若い男が、口元に慣れた笑みを浮かべて近付いてきた。

「おふたりっスか？」

いかにもそれに似合いの独特の喋り方だ。

「ええ」

彼は、ふたりを奥のボックス席へ案内しようとした。

「カウンターでもいいかしら」

響子が言う。

「いいっスよ」

カウンターのスツールはすでに半分が埋まっていた。カップルか女同士だった。店の中には外国人の姿も多いが、キマイルなのかはわからない。十時まであと十分ほどだ。カウンターの中のバーテンダーが尋ねた。

「何にしますか？」

ユミが投げ遣りに答えた。

「バーボンをダブルのストレートで」

バーテンダーの顔に驚きが広がる。このどこから見ても清楚な女子大生のオーダーとしてはギャップがあり過ぎたのだろう。

「こちらは？」

「そうね、私はアイスミルクを頂きます」

そのオーダーに、バーテンダーはもっと驚いた顔をした。ユミが隣りで吹き出した。

「あんた、信じらんないもの頼むね。ここ、どこだと思ってんの」

「お酒、飲めないのよ」

「他にもソフトドリンクならあるじゃない」

「いいの、私はそれが飲みたかったんだから。いいんでしょう？　それを頼んでも」

バーテンダーに言うと、彼も呆れたように頷いた。

「いいっスよ。しばらくお待ちください」

「ああ、可笑しい」

笑ったことで、ユミはいくらかリラックスしたようだった。

「あんたって、本当に変な奴。どうしてそこまで私のこと構うんだよ。もう関係ないんだから放っておけばいいのに」

「そうね、私もそう思うわ」

「馬鹿だね」

「あなたほどじゃないわ。私なんか救《たす》けたりして」

「ふん」

やがてハーパーとアイスミルクが差し出された。ふたりはそれぞれにグラスを手にした。

時間は十時を少し回ったところだ。響子はドアを振り返った。

「来るわけないって」

ユミが呷《あお》るようにグラスを傾けた。

「いいんだって、もう諦めてる。どだい私に新しい人生なんて無理な望みだったんだ。警察に捕まってムショにブチ込まれるか、組に捕まって海に浮かぶか、ま、どっちを選ぶかってことだね」

ユミはスツールを半回転させて、カウンターに背をもたれかけさせた。

「もう、どっちでもいい。先に私を見つけたもん勝ちってところかな」

ユミはまるで独り芝居のように語っている。

「私、死ぬなんてちっとも恐くない。本当だよ。死っていうのはずっと拠《よ》り所だったんだもの。どんなにひどい生活してても、だから我慢できた。最後の最後は死ねばいいんだって、そう思えば気が楽だろう。仕事仲間も、何人も死んでる。ヤク中で頭がイカれちゃって病院で死んだのとか、電車に飛び込んだのもいる。ラブホテルで殺されたのもね。いいんだ、もうどうでもいい。あーあ、警察でも組の連中でも早く私を見つけてくれればいいのに。すっかり覚悟はできてるんだから。あんた、私の言葉、信用してないだろ。でも本当だよ、本当にそう思ってるんだから」

「来たわ」

響子は短く言った。その言葉に一瞬身体を震わせ、ユミが顔を向けた。ひとりの男がドアから近付いて来る。浅黒い肌は日焼けではなく肌そのものの色だった。顔立ちは東洋人だが日本の血は感じられない。白っぽいシャツにベージュのコットンパンツを穿いている。ごくありふれた格好だったが、外国人の客が多い中でも、彼はどこか違っていた。その違いは緊張感だ。それは響子やユミが持っているのと同じ種類のものだ。

男はカウンターの少し離れたスツールに腰を下ろした。コロナビールをオーダーしている。一瞬、こちらに目線を向けたが、眉を少しひそめ、すぐに逸らした。

「確かめて来る、彼がキマイルという男かどうか」

ユミは何も言わなかった。響子は席を立ち、男に近付いた。男はすでに響子の存在に気づいていながら、自分から顔を向けようとはしない。

「失礼ですけど」

丁寧に声をかけると、男は静かに振り向き低い声で「SORRY、I CAN'T SPEAK JAPANESE」と首を振った。それでも響子は話しかけた。

「あなた、キマイルさんでしょう。今夜、船まで案内してくれ……」

最後まで聞かないうちに、彼は陽気な笑い声を上げて、響子を引き寄せた。

「OH、HOW ARE YOU?」

それからすぐに、耳元で声をひそめた。

「大事な話はこっそりするもんだ。愛を囁《ささや》くようにね」

流暢《りゅうちょう》な日本語だった。

「わかったわ。でも、よかった。来ないんじゃないかと心配してたの」

「どうしてだ、俺は約束を守る男だよ。しかし、話が違うね」

キマイルがユミに顔を向けた。

「荷物は一個だと聞いてる」

「乗るのは彼女ひとりよ。私は付き添いみたいなもの」

「ふうん。まあ、いいだろう。すぐ出られるか」

「もちろん」

「店を出て、右側にある駐車場を突っ切ると、店の裏側に続く細い露地がある。抜けると行き止まりになってて、下はすぐ海だ。そこに艀が着けてある。それに彼女を乗せて、本船へと案内する。俺は先に行くから、三分たったら、店を出ろ」

「わかったわ」

「HAVE　A　GOOD　NIGHT」

キマイルは急に陽気な外国人に戻り、笑顔を浮かべて行った。響子はユミの待つ席へと戻った。いくらか緊張した面持ちで、ユミがグラスを握っている。

「やっぱり船の用意はしてあった。もう大丈夫よ、これであなたは逃げられる。彼、店の裏に着けた艀で待ってるって。さあ、行きましょう」

けれども、ユミはグラスを手にしたまま動こうとしない。

「どうしたの？」

響子が怪訝な思いで振り向く。

「あんた、私にまったくお金がなくて、本当にあっちでやってゆけると思う？」

「今さら、何を言ってるの」

「だって、そうだろう。私はもう一文無しなんだよ」

「じゃあ、日本に残るっていうの？　残って警察に捕まるか、組に殺されるかのどちらかを選ぶっていうの？　警察なら、まだ何年かの懲役で済むかもしれない。けれど、出所してから組があなたに何もしないって保証はどこにもない。それから逃れられる？　ずっと逃げ回りながら生きてゆくの？」

ユミは黙る。

「あなたはさっき死ぬなんて恐くないって言った。死ぬ気があるなら何でもできる。お金なんて、どれだけ持っていてもいつかなくなってしまうものじゃない」

それから響子は短く息を吐き出した。

「いいえ、こんなことを言う権利など私にはないよね。あなたが決めたらいい。あなたの人生なんだもの」

ユミはしばらく考え込んだ。グラスを持つ指先に力がこもる。琥珀色《こはくいろ》の液体が細かく揺れている。やがて、ユミは残ったハーパーを呷るように飲み干すとスツールから下り、背中を反らした。

「行くわ。こうなれば、どこでだって、生きてやる」

店の前には若者たちが数人たむろしていた。ユミを見ると、はやしたてるように声をかけてきたが、無視して駐車場を抜けてゆく。キマイルが言った通り、露地を抜けると店の裏側だった。そこら辺りに酒壜《さかびん》や木箱やブイなどが乱雑に放り出してある。壁をぶちぬいて作られた厨房の換気扇から油っぽい煙が吐き散らされていた。それをくぐると、目の前はもう海だ。月明かりの中に、キマイルの姿が見える。彼は「こっちだ」と手で合図した。

ふたりは足早に近付いた。

「本船は艀に乗って十分ほどの距離にあるコンテナ船だ。そこまで俺が送る。船は今夜遅くに出航する予定になってる」

「わかった」

「じゃあ、先に貰おうか」

ふたりはキマイルの顔を見直した。

「貰うって、何を？」

響子が尋ねた。キマイルは眉間にきゅっとシワを寄せた。

「決まってるだろう。金だ」

「もう修身って男に渡してある。そいつから受け取って」

「何を言ってる、話が違う」

「話が違うのはこっちの方よ。いいから、この子を舟に乗せて」

キマイルの顔に失望が広がってゆく。

「今さら、何を言ってるんだ。約束だろう。五百、早く出してくれ」

「だから、修身に……」

「ないのか」

「ないに決まってるじゃない」

ユミが吐き捨てるように言うと、キマイルは小さく舌打ちした。

「なんてこった、無駄足だっていうのか」

ユミは黙り込んだ。響子も何も言えなかった。

「もう、いい。ああ、今夜は最低だ」

　彼は独り言のように呟くと、もうすっかりふたりに興味を失ってしまったように背を向け、堤防から一メートルほど下の艀に飛び降りた。

「待って」

　しかし振り向きもしない。

　エンジンがかかり、彼の姿は瞬く間に暗い海の中に消えて行った。

　ユミが激しく笑いだした。響子は肺の中がからっぽになるくらい深くため息をついた。

「ああ、おかしい。馬鹿馬鹿しくって、涙も出ないわ」

「ユミさん」

「だから言ったろう、無駄だって。結局、こういうことなんだ」

「どうしよう、どうすればいいのかしら」

「どうもこうもないよ。つまり諦めるしかないんだって。あーあ、もうどうでもいいや。おばさん、まだ少しはお金残ってるんだろう。もう一度店に戻って飲み直そう」

　ユミが踵《きびす》を返して歩いてゆく。仕方なく、響子はその後ろをぼんやりとついて行った。本当にもうどうしようもないのだろうか。何とか日本を脱出できないのだろうか。でも、肝心のお金がない。

「今夜が、この世の飲み納めになるかもね」

やけくそとしか言いようのない明るさで、ユミは鼻歌まで歌っている。その調子で露地を戻り、駐車場に出ようとした時、響子は思わずユミの腕を引っ張った。

「痛いなぁ、何すんだよ」

「あのタクシー」

響子が指差す方向にユミは目を向けた。

「タクシーがどうかした？　この辺りは不便だから、タクシーを利用する客はいっぱいいるだろ」

「あれは、さっき私たちが乗った個人タクシーよ」

えっ、と、ユミの顔に緊張が広がった。

「運転手の顔、覚えてない？」

「ぜんぜん」

その時、くたびれたスーツ姿の男がふたり、店の中から出て来た。そのままタクシーに近付いてゆく。どう見ても客という感じではなかった。ユミも直感的に感じたらしい。

「あいつら、刑事だ」

緊張した顔つきで言った。あの時、運転手はやはり気が付いたのだ。指名手配はタクシー関係にはいち早く回る。化粧をし髪型と服を変えて、手配写真とはまったく違う姿になったのだから、誰にも気づかれるはずがないとタカをくっていた。

刑事はタクシーから離れ、辺りにたむろしていた若者に声を掛けた。いくつかの会話の後、彼らはこちらに向かって指差した。

刑事が頷き、歩いて来る。

「まずいわ」

ふたりは後退《あとずさ》りした。しかし、露地を戻ってみたものの、突き当たりは堤防になっている。向こうは海、逃げ場はない。このままでは確実に捕まる。

「どうしよう」

響子は言った。

「仕方ない」

ユミの言葉が返って来た。

「どうするの？」

「海に入るの」

「ええっ」

「だって、このままじゃ見つかるよ」

そう言うと、ユミは腰の高さほどある堤防から海を覗き込んだ。

「堤防にぴたっとくっついていれば、よっぽど身体を乗り出さない限り、見えっこない」

「でも、ユミさん」

「あんまり景気よく飛び込んじゃダメだよ。音で気づかれる」

「ええ、あの、でもね」

「何だよ、さっきからでもでもってうるさいな」

「私、泳げないのよ」

「えっ」

ユミが呆れ声を出した。

「この期に及んで何を言ってるんだよ」

「だって、仕方ないじゃない、そうなんだもの」

「泳げなくても入るんだよ」

「そんな無茶な」

「溺《おぼ》れるのと捕まるのとどっちがいいの」

「そりゃあ」

答えが最後まで行き着かないうちに、ユミは堤防から海に入った。

「ほら、早く」

黒い水面から顔を出し、ユミが呼ぶ。刑事はもうそこまで来ている。躊躇しているヒマはない。響子は目をつぶり、海の中へと滑り込んだ。

やがて頭上で足音が止まった。堤防にぶつかる波の音の合間から、淡々とした刑事の会話が聞こえて来る。

「いないな、船にでも乗り込んだかな」

「密出国ですか」

「だろうな」

「でも、運転手の勘違いということもありますよね」

「ああ、それもないとはいえない」

響子は堤防のコンクリートの小さな窪《くぼ》みに指をかけ、ひたすらしがみついていた。泳げない響子は波に抵抗できず、どうしても流されてしまいがちだ。ユミは立ち泳ぎをしながら、片手で響子の腕をひっぱり続けた。

水を含んだ服のせいで、身体が倍くらい重い。立ち泳ぎを続けるのも限界があり、さすがにユミも疲れて来たようだ。初夏とは言えまだ海水は冷たく、響子も限界に近付いていた。すでに窪みを掴む指先は感覚をなくし、身体の芯まで冷えきっている。しかし刑事が姿を消したという確信はない。すぐに海から上がる訳にはいかない。

響子は、ゆうに一リットルは飲んだであろう海水にむせながら、ぼんやりと死を連想していた。

思い残すことは何もない。目的は果たした。捕まるか、死ぬか、最初から待っているのはこのふたつだった。できれば後者を選びたいと、漠然と考えていた。それなら、ここで死ぬのも本望だ。できるなら遠くに流されて、誰の目にもとまらず、魚に身体を突つかれて、骨さえ残さず消えてしまいたい。

その時、頭上から声がした。

「摑まって。もう大丈夫だよ」

響子とユミは思わず顔を見合わせ、それから訝しげに頭上に目を向けた。見知らぬ若者が堤防の上で腹ばいになり、手を伸ばしている。

「あんた、誰よ」

「その質問は、とにかく海から上がってからにしたら」

ユミは仕方なく頷き、響子に顔を向けた。

「ほら、おばさんから」

「いいわ、ユミさんから」

「いいって、年寄りが先なんだよ」

「こういう時に年は関係ないわ」

　ユミが切れる。

「つべこべ言ってないで、早く上がれよ」

　その言葉に気圧《けお》されるように、響子が手を伸ばす。その手を彼が摑む。彼の手は思いがけず力強く、ふわりと身体が軽くなったかと思うと、もう引き上げられていた。続いて彼はユミも同じように引き上げた。陸に上がった安心感でホッとしたが、疲れが泥のように重くのしかかっていた。ぺたりと地面に座ったまま、しばらく口もきけずにいた。

「大丈夫？」

　彼が呑気な声で尋ねる。まだ若く、ユミと同じくらいの年齢に見えた。エプロンと長靴を履いているところを見ると、この店の厨房で働いているらしい。

「助けてくれてありがとう」

　声を途切らせながら、響子は礼を述べた。

「あなたがいなかったら、私たち、どうなってたか」

　すると、若者はにっこり笑って手を出した。響子とユミは同時に彼を見上げた。

「何だよ、それ」

「世の中、人にものを頼んだらそれだけのものを払わなくちゃ。それが常識だろ」

ユミが舌打ちした。

「あんた、金を取るの」

「取るだなんて人聞きが悪いな。報酬だよ、報酬。ま、一万でいい」

「ふん、しっかりしてやがる」

しぶしぶながらも、びしょぬれのデイパックから、水をしたたらせた札を取り出した。

その時、思わず声を上げた。

「ああ、スマホが入ってたんだ。もう使えないだろうな……」

「いいから、早く」

急《せ》かされて、一万円札を手にすると、彼は首を振った。

「ふたり分だ」

やけくそのように、ユミは二万円を差し出した。

彼はそれをエプロンのポケットにしまいこみ、それから、こんなことを言い出した。

「安心していいよ、警察はもういないから」

ユミが身構えるのがわかった。

「あんた、何でそれを」

「密航するつもりだったんだろ。話がまとまらなかったみたいだね」

ユミは答えない。もちろん響子もだ。

「トラブルの原因は？」

「うるせえな。おまえに関係ないだろ」

ユミがイライラして突っぱねる。しかし彼は何もこたえてないように、話を続ける。

「けど、逃げたいんだろ」

「知ったこっちゃないって、言ってるだろ。もういいよ。どっか行けよ」

「僕が、力になろうか？」

ふたりは顔を向けた。

「力になるって、どういうこと？」

響子が尋ねる。

「つまり、逃がしてあげようかと言ってるんだ」

「そんなこと、あなたにできるの？」

「できないことはない。もちろん必要なものが揃いさえすれば、の話だけど」

「必要なものって？」

隣りでユミが呆れたように言った。

「決まってるだろ、金だよ、金」

「ああ、お金ね……」

「どうする？」

「ないよ」

ユミはあっさり言った。

「金はない。だから、さっきも船に乗れなかったんだ」

「そうか、それは残念だな」

彼は皮肉な視線をふたりに投げて、肩をすくめた。

「それじゃ僕はこれで」

「待って」

呼び止めたのは響子だった。

「いくらかかるの？」

振り向く彼の眉がかすかに動く。

「三百だ」

「三百……」

「キマイルより相当安いはずだ。あいつ、五百はふっかけて来たろう」

「三百万さえ渡せば、彼女を逃がしてくれるのね」

「保証する」

「わかった、何とかする」

ユミが目を丸くした。

「おばさん、何言ってんだよ」

「するわ、三百万は必ず用意する」

「バカ言うなよ。どう用意するって言うんだよ」

それを無視して、響子は尋ねた。

「それで船はいつ？」

「明後日の早朝、ちょうど出るのがある」

「わかった」

「必ず用意できるね」

「しつこいわ」

「じゃあ、明後日の午前五時だ。C突堤の先に来てくれ。僕が船で迎えにゆく」

「明後日の朝、五時ね」

繰り返して確認してから、響子は彼に尋ねた。

「あなた、名前は？」

「Jだ」

「J？」

「店の名前と同じでいいだろ」

「わかったわ。じゃあJさん、悪いけどタオルをお借りできないかしら。このままじゃ私たち、風邪をひいてしまう。もちろんサービスってことで」

彼は苦笑した。

「いいよ、持って来よう」

彼が姿を消すと、ユミが呆れ顔でまじまじと響子を眺めた。

「あんた、あんな約束して、どうすんだよ」

「お金は何とかする」

「何とかするって、何をどうすんのよ」

「でも、何とかする」

「バッカじゃないの」

ユミが鼻で笑う。実際、響子も口走った自分に戸惑っていた。けれども、それだけのお金さえあればユミを逃がすことができるとわかった時、響子の脳裏を掠めた人間があった。あの人なら、と思った。あの人ならきっと——。いや、もうあの人しかいない。

ふたりはキャビン形式のホテルに入った。

彼がタオルを持って来た時、どこか泊まれるところはないかと尋ねると、このホテルを教えてくれたのだ。

「ヤバイ奴には慣れてるから大丈夫だ。キャビンのオーナーには連絡しておくよ」

妙に親切なのが気になったが、彼はすぐにそれを察して「大事な客だからな」と言って、人目につかない道を教えてくれた。確かに、捕まってしまえば彼には三百万が入らない。

最初、キャンピングカーが展示してあるのかと思った。通り過ぎようとすると、入口に小さな受付の小屋があり、料金が書いてある看板が提示されていた。キャビンのいくつかの窓には明かりもついている。それが彼の言っていたホテルだった。全部で十台ばかりが並んでいた。

「Jの紹介で」

と言うと、中から素っ気ない男の返事があった。

「ああ。今の時間だと泊まりの金額だけど、それでいいね」

システムはラブホテルと同じらしい。

「いくら？」

「七千円。前払いで頼むよ」

「お風呂とかついてるでしょうね」

「シャワーはね」

ユミが一万円札を差し出した。もちろんそれも濡れたままで、小窓から出ている指がほんの少し躊躇したが、すぐに受け取り、代わりに投げ出されるようにおつりとキーが出て来た。

「六番のキャビンね。チェックアウトは十時だよ」

ふたりはキャビンに向かった。

中はなかなか快適な造りだった。キャンピングカーそのもので、小さなキッチンには小さな冷蔵庫がついており、リビングとまでは言えないがテーブルと椅子もある。古い型だがパソコンも備えられていた。奥のベッドは、使わない時にはたぶんソファになるのだろう。何はともあれ、早く身体を暖めたかった。

ユミが先にシャワーを浴びて、髪をタオルで拭きながらショーツ一枚の姿で出てきた。

「ああ、生き返った」

大きな胸と白い肌、引き締まったウエスト、ユミの身体は成熟している。栄養をくまなく吸収している身体だった。響子は思わず見惚《みほ》れた。

「何だよ」

「近頃の子は、りっぱだなぁって」

「言っとくけど、私、レズはやらないからね」

「え?」

「早く、おばさんもシャワー浴びれば。ついでに洗濯も頼むよ。ほんじゃ、おやすみ」

そう言って、ユミはそのままベッドに潜り込んだ。

響子がシャワーから出て来た時は、熟睡しているようだった。響子はふたり分の服と下着を洗い、丁寧に絞った。キャビンの中は明かりを落としてある。前の道路を時折り車が通り過ぎ、窓をヘッドライトが横切ってゆく。ひどく疲れていたが、どういうわけか眠くはなかった。下着は絞ってから乾いたタオルで巻いて水分を取った。響子の服は化学繊維が使われているので乾きも早いが、問題はユミのニットだ。形を整え、手で叩いてシワを伸ばし、ハンガーに吊るした。このままではとても明日までに乾くとは思えない。仕方なく、洗面台にセットされていたドライヤーで風を送った。

ついでにデイパックも乾かそうと、響子は手を伸ばした。中の化粧ポーチや財布、ミニタオルなどを出してから、最後に堅い感触があった。響子はそれを手にした。

「え……」

拳銃だった。まるで玩具のようにも思えたが、そのずっしりした重みと、銃そのものが持つ忌まわしさが、響子を緊張させた。

その時、ユミが何か言ったような気がして振り向いた。白いシーツの端を摑んで、ユミは堅く目を閉じている。その寝顔には起きている時には感じられない幼さが垣間見《かいまみ》えた。ユミがまだ十七歳なのだということを思い出した。十七歳。自分の半分も生きてはいないのだ。

いったい、この子に何があったのだ——。

ユミが、街を歩く同い年くらいの女の子とはまったく異なった人生を歩んで来たのはわかる。想像が当たって欲しくはないが、たぶん、まともな生活をして来たわけではないだろう。それでもユミはまだ汚れ切ってはいない。時折り見せる笑顔や仕草に、少女のような無垢《むく》が垣間見える。

この子を逃がしてやりたい。

その時、響子は強く思った。この子に生きて欲しい。自分の代わりに、可菜の代わりに、新しい人生を手にして欲しい。

栄文

栄文は濡れた一万円札を机の上に広げ、天井に向かって笑いかけた。

儲け話はひょっこり転がり込んで来るものだ。三百万は悪くない。明日、船の手配をしたら元町辺りで遊んでやろう。

あの若い女が、例の暴力団の幹部を殺したのは知っている。ハマの方にも奴らは追っ手を送り出しているようだが、そんなことはどうでもいい。自分は金さえ受けとれれば、それでいい。

「日本人同士、勝手にやればいいのさ」

栄文は再び薄く笑って、皮肉に呟く。

一万円札はなかなか乾かない。栄文は待ち切れず息を吹きかける。福沢諭吉の顔が歪んで見えた。

「ユミさん、ユミさん」

身体を揺すられて、ユミは目を覚ました。目の前に不安げな響子の顔があった。

「大丈夫？　すごくうなされていたけど」

「ううん、何でもない……」

ユミは身体を起こし、ため息のような声で返した。夢の内容はすでに記憶の中から消えていたが、じっとりした汗が身体にまとわりついていて、それは忌まわしい感覚を残すに十分な不快さだった。下腹に鈍い痛みがぶり返している。身体もどこか熱っぽい。

ふと顔を向けると、すでに響子は化粧も着替えも済ましている。

「どうしたんだよ、まだ早いだろ。今、何時？」

ユミはまだはっきりとはしない意識を抱えながら、くぐもった声で言った。

「八時を少し過ぎたところよ」

「何で、チェックアウトは十時だよ」

それには答えず、響子は言った。

「ごめんなさい、お化粧品、黙って借りてしまったわ」

「いいけど、使えた？」

「湿ってるけど、何とか使えたわ。髪飾りも大丈夫だから心配しないで」

響子の髪は肩に落ちている。差し出された髪飾りにユミは首を振った。

「いいよ、まだ使ってろよ」

「でも、借りたらまた返すの忘れてしまうかもしれない」

「いいって、使えよ。おばさん、アップにした方が似合ってる」

響子がちょっとはにかんだように笑う。その表情はとても穏やかで、ユミは何だか不思議な気分になった。初めて響子を見たのは、首をぱっかりと開けた藤森佑介を見下ろしている時だった。魂の抜けがらのように、人の形はしていても生きているようには見えなかった。それなのに、まるでそんなことなどなかったように、少女のように笑う。

「私、ちょっと出掛けて来るから」

唐突に、響子が言った。

「え？」

ユミは改めて顔を向けた。響子はキッチンへと向かってゆく。そこにはユミの下着や服がハンガーにかけて干してある。それを指先で触って取り込み始めた。

「よかった、乾いてる。少し縮んでしまったかもしれないけど、着れないことはないから。でも、デイパックと財布はやっぱりゴワゴワになってしまったわ。革製品は濡れるとやっぱり駄目ね」

「どこ行くんだよ」

ユミは半分身体を起こしたまま、もう一度尋ねた。

「東京」

「東京って。何のために」

「三百万、何とかするから」

響子の答えに、ユミは思わず呆れ声を出した。

「あんた、バカじゃないの。まだそんなこと言ってんの。あんなの、その場限りの話じゃん。そんなもん忘れろよ。あっちだって、まともに聞いてないって」

「あのJって人、真剣な口振りだった」

「ああいう男は芝居がうまいんだよ」

「でも、信じてみたいの」

「ムダムダ、やめときなって」

響子が振り返る。

「だって、こうしていても何にもならないじゃない。手持ちのお金もあと少しよ。私はもう五千円もないし、ユミさんだって同じでしょう。このままボーッとして捕まるのを待つぐらいなら、少しでも可能性がある方に賭けてみたっていいじゃない」

響子が口調を烈しくしたので、ユミは少したじろいだ。

「でも三百万なんて大金、本当に作れるのかよ」

「確約はできない。でも、あの人に頼めば、何とかなるかもしれない」

「あの人？」

聞き返すと、響子はゆっくりと目を逸らした。その反応の様子に、ユミは息を静かに吐いた。

「やめときなよ」

「どうして」

「あんた、自分の立場わかってんの？　殺人犯で指名手配になってんだよ。そんな女にどこの馬鹿が三百万も貸すかよ。最初から絶対に戻って来ないってわかってる金だ。世の中、そんなお人好しがいるわけがない。ほんと、あんたってどこまで甘ちゃんなんだろ、呆れるね。どこのどいつをアテにしてるんだか知らないけど、まあ、あんたがそいつの弱みでも握ってるっていうんなら話は別だけどさ」

「違うわ」

「じゃあ昔の恋人だったりして」

茶化しながら言ったのだが、響子はそれに対して何も言い返さず、髪を整えるために鏡の前に立った。ちょうどユミの位置から直線距離にあり、鏡の中で目が合った。パチンと、髪飾りの留まる音がした。

「そうなの？」

短い困惑の後、ユミは言った。

「だったら、尚更やめろよ」

響子が困ったような目を向ける。

「あんた、いい年して、そんなこともわかんないの。迷惑がられるに決まってるだろ。昔、そいつとどんな恋愛をしたか知らないけど、あんたと同じ思い出を持ってるとは限らない。それどころか、邪険に追い返されるのがオチだって。何度も言うようだけど、あんたは人殺しなんだからね。普通の神経を持った男なら、そんな女と昔に関わりを持っていたってだけでビビるから」

響子が鏡の中で目を伏せる。少しばかり言い過ぎたような気もしたが、それくらい言わなければ、響子は自分の置かれた状況を認識できないまま、本当に馬鹿なことをやってしまうだろう。

「それならそれで仕方ない。でも、頼むだけは頼んでみようと思うの」

「やめろって」

ユミは強く遮った。響子が振り向く。ユミは目を逸らす。響子は険しい表情のユミに向かって穏やかにほほ笑んだ。

「私が傷つくんじゃないかって、心配してくれてるの？」

「まさか」

「ありがとう。でも、大丈夫よ。冷たくあしらわれても、それくらいで傷ついたりしないから。私はその人に甘い思い出なんか持っていないもの。だから期待もしていないの」

「だったら」

「でも、今の私に少しでも頼れる誰かがいるとしたら、その人しかいないのよ」

「私のためだったら、そんな必要はないからね。もう、いいんだ。みんな諦めたから」

「ううん、私のためよ。私にできることを何かしたいの」

「どうしても行くつもりなの？」

「ええ」

響子の決心が堅いのを知ると、ユミは大きく息を吐き出した。

「わかった。勝手にしろよ」

「夜にはこっちに戻って来るわ。どこかで待ち合わせましょう」

「待ち合わせるっていっても」

「そうね、どこがいいかしら。連絡が取れるような場所じゃないと困るわね。やっぱり喫茶店とかになっちゃうかしら」

「じゃあ、グランディアホテルにいるよ」

「そのホテル、どこにあるの？」

「昨日のホテルのすぐ近く。若い女にすごく人気があるんだってさ」

「よく知ってるのね」

「私だって、雑誌ぐらい読むよ」

「そう、わかったわ。じゃあ、そこにいて」

「チェックインの時の名前は、そうだな、木村紀子《きむらのりこ》にしとく」

それは中学の頃、唯一人《ただ》、ユミを可愛がってくれた保健の先生の名前だった。泣きたくなると、いつも黙ってベッドに寝かせてくれた。なぜ、そんな名前が口をついて出たのかわからない。

「じゃあ行って来ます」

響子がキャビンを出てゆく。その後ろ姿を見送ってから、ユミはしばらくベッドの中でぼんやりした。

もしかしたら、と思った。もしかしたら響子はもう帰って来ないのではないか。冷静に考えても、金が用意できるとは思えなかった。もし、用意できたとしたら尚更に、どうしてわざわざ帰って来る必要があるだろう。ひとりで逃げればいいのだ。響子の犯行は、単独ではなくふたりになっている。容姿もあれだけ変わった。金さえあれば、ユミより容易《たやす》く逃げられるのではないか。

否定の気持ちはあった。響子に限ってと思う。しかし、修身が蘇る。修身だけじゃない、人の心がどんなに当てにならないものか、今までイヤというほど見て来た。お金の前で人は呆っ気ないほどに自尊心をなくし平伏する。狡いのではなく、臆病なのだ。それは自分を守ろうとする一種の本能なのかもしれない。だったらそれをどうして責められるだろう。自分がその立場だったら、必ずそうする。そうすることに、きっと何の抵抗もない。

ユミは再び布団をかぶった。目を閉じ、呼吸を整える。ずっとひとりで生きて来た。これからだってひとりで生きてゆく。響子とは点としての繋がりを持っただけで、重なり合ったわけじゃない。点はいつも刹那でしかない。それ以上は何もない。

十時少し前に、ユミもキャビンを出た。

一応周りを窺ってみたが、目の前の道路は運搬用のトラックが行き来するだけで、これといって変わった様子はない。もちろん、昨夜の刑事らしい姿もなかった。宿泊代は前払いなので、ユミは受付で鍵を返すと、言葉も交わさないまま繁華街に向かって歩いて行った。道路の向こうに低い堤防があり、その先には海が広がっている。薄曇りのせいか、海も不景気な鼠色《ねずみいろ》をしていた。

響子は大丈夫と言っていたが、やはり服は型が崩れてしまっていた。縮んで身体の線もやけに出て、着心地がひどく悪かった。その上、パンプスが湿っぽいのが気持ち悪い。だんだん足の裏がふやけて来るようだ。両方とも買い替えたいが、昨夜のＪに二万円、今は宿泊代を支払って、財布の中には五千円とちょっとしか入っていない。昨日までは三千万もの大金を手にしていたのに、一日もたたないうちにこの有様だ。修身への悔しさがまた込み上げて来た。

ひとつ息をつき、気持ちを落ち着かせてから、この後、夜までどう過ごそうか考えた。予定は何もない。元町に行こうか、と少し迷った。けれど、迷ったのは少しだけだ。人通りの多い場所はヤバイに違いないが、逆に存在を曖昧にしてくれる。その上、今さらどうなっても構わない、という投げ遣りな気持ちもないわけではなかった。結局、足はそちらの方に向いて行った。

まだお昼前だというのに、元町にはたくさんの人がいた。相変わらず、身体は熱っぽくて、あまり空腹感はない。とりあえずマクドナルドに入り、ビッグマックとポテト、コーヒーを注文した。トレイに乗せ、窓際の席に座る。外を行き交う人の群れを見ていると、何だかのんびりした気分になった。惰性のようにポテトをつまんでいると、ドアの辺りで嬌声が上がった。女子大生の五人組が、風に髪を揺らしながら入って来た。

プラダにシャネルにヴィトン。肩にかけたバッグはどれもこれもブランド製品だ。たぶん靴もスカーフも腕時計もそうに違いない。着ている服も、一目で金のかかっているものだとわかる。

同じようなバッグや靴や服を、ユミも持っていた。どんな一流ブランドであろうと、お金さえ出せば手に入れられる。気取った店員が顔を顰《しか》めても、現金を見せれば愛想笑いを浮かべて品物を包む。そうやって、たくさんのモノを買って来た。けれども、たとえ同じものを身につけても、自分と彼女たちははっきりと違っていた。それが何故なのか、ユミにはよくわからない。彼女たちより、自分の方がずっと美しいという自信はある。センスだって負けない。それが、自分にしみついた澱《おり》のような汚れのせいだとは思いたくなかった。

ユミは縮んで窮屈になったワンピースの裾を引っ張った。急に自分の格好がみじめたらしく感じられた。

新しい服が欲しかった。ついでに湿った靴もゴワゴワになったデイパックも化粧品も何もかも変えてしまいたかった。何より、スマホが使えなくなってしまった。

女子大生たちが、少し離れた席に座り、相変わらずはしゃぎ声でお喋りに興じていた。口の開いたトートバッグから、スマホが見える。すぐに心は決まった。

トレイを手に、ユミは彼女たちに近づいた。その前で、紙コップに入ったコーヒーをひっくり返した。きゃあ、と、声が上がる。

「ごめんなさい」と、ユミは謝る。

「コーヒー、服にかからなかった？」ユミが申し訳なさそうに尋ねる。「やだ、どうかしら、ねえ、かかってる？」「ちょっと見せて」彼女たちの視線が集まる。「うん、大丈夫みたい」

その時にはもうユミは店を出ていた。手にはしっかりとスマホが握られていた。

これさえあれば、お金を手に入れるなど簡単だ。

ユミは位置情報を用いた出会い系のアプリを開いた。これで近場ですぐに相手を見つけられる。

色々と物色しているうちに、ひとつの書き込みが目についた。すぐにメールを送った。

〈よかったら、どこかで会いませんか〉

〈いいけど、君、いくつ？〉

〈いくつだと思う？〉

〈女子高生？〉

〈ハズレ。女子高生じゃないとダメなの？〉

〈まさか。じゃあ女子大生？〉

〈そう、一年生〉

〈うん、いいねいいね。今から会おうよ〉

話は早い。誰もメールでじっくりお互いを知ろうなんて思ってやしない。目的はひとつだ。

〈いいけど、あなたいくつ？〉

〈ボクは二十二歳〉

〈仕事は？〉

〈クリエイター。それより、どこで会う？　今、どこにいるの？〉

ユミはメールを打ち切った。理由は簡単だ。クリエイターなんて嘘に決まっている。フリーターがよく使う職業だ。どうせ大してお金は持っていない。そんな奴に構っていても時間の無駄なだけだ。すぐにふたり目にメールを送った。相手はサラリーマンで、外回りが早く終わって時間が空いたとのことだった。話がまとまって、元町の中程にある喫茶店を指定され、そこで待ち合わせた。

この辺りの地理に詳しくないユミは、少し迷って約束より十分ほど遅れて店の中に入った。ガラス張りの窓から太陽が差し込んでいる。何だかやけに健康的で明るい店だった。入るとすぐに、奥まった席から期待に溢れた男の視線とぶつかった。それで相手が彼だとすぐにわかった。平均的なサラリーマン。年は三十そこそこといったところだ。特徴はとりたててない。ユミは彼の期待に応えるだけの笑顔を作った。退屈していて、お金が欲しくて、そのためなら何でもする頭のからっぽな女子大生になった。

「山田《やまだ》さんですか？」

ユミは彼に近付き、心持ち首を傾《かし》げながら尋ねた。男の顔に満足そうな表情が広がる。

「うん、そう。トモミちゃん？」

「はい。よろしく」

「こちらこそよろしく。どうぞ、座って」

男がユミを気に入ったのが馬鹿馬鹿しいほど伝わってくる。いくらか落ち着きをなくして、オーダーを取りに来たウェイトレスにまで、愛想のよい笑顔を振り撒《ま》いている。

「君、どこの女子大？」

山田という、偽名以外の何物でもない彼は、コーヒーカップの向こうから、好奇心に溢れた目を向けた。

「内緒」

ユミは首をすくめて、くふくふと笑う。自分の演技はナカナカだと思う。

「あ、そうか、そうだね、うん、当然だ。聞く方がどうかしてた。とりあえず、どうする？　なんか食べる？」

「私はさっき、マックで済ませちゃったとこ」

「あ、そう」

男が困惑しながら、視線を泳がせる。どう切り出せばいいのか、悩んでいるのかもしれない。こうしてお茶をするだけ、食事をするだけでデートが終わる場合もある。いきなりホテルに行こうとは、男もさすがに口にできないのだろう。落ち着かない姿を見ていると、もう少しからかってみるのも面白そうだが、今のユミは無駄な時間より、早くお金が欲しかった。

「私ね」

上目遣いをする。

「うん、なに？」

「時間があまりないんです。できたら、ふたりだけになれる静かなところに行きたいなぁ、なんて」

男は露骨に嬉しそうな顔をした。

「うん、そうだね。じゃあ、そうしよう」

それから、男はいちばん肝心なことを口にした。

「それで、その場合、あの、何ていうか、いくら援助すればいいのかな」

ユミは唇の両端をきゅっと持ち上げ、とびっきりの笑顔を作った。

「五万円してもらえると助かるんだけど」

「えっ、五万円」

相場よりかなり高い金額だというのはわかっている。ユミも通常、ショートで三万だ。それでも高い方だが、若くて人気のあるユミにとっては当たり前だと思っている。

「どうしても欲しいお洋服があって」

ユミは無邪気に言う。男は迷う。ユミはさりげなく背を反らし、胸を突き出す。縮んだニットが胸の線をくっきりと浮かび上がらせる。男が瞬きしながら盗み見る。

「都合がつかないようなら仕方ないけど」

ユミは立ち上がる真似をする。男が慌てて声をかけた。

「いや、いいよ。それでいい」

「嬉しい」

ユミはほほ笑みを返した。


服といくつかの化粧品を買うと、五万円はきれいさっぱりなくなった。

淡いベージュのニットに、紺のミニスカートというコンサバな服を選んだ。ファッションビルのトイレで着替えて、化粧を直すと、またすっかり印象の違う女になっていた。こういう時、ユミはとても楽しくなる。もうひとつ、別の人生を拾ったような気分になる。

やはり靴とバッグも何とかしたかった。これじゃコーディネートがなってない。だったら、もう少し稼げばいいだけの話だ。再びスマホを手にした。

次に当たった客は、四十代半ばの小男だった。顔は間延びした熊のようで、丸くて小さい目が卑屈そうにきょろきょろ動き、落ち着きがなかった。黒い鞄《かばん》を大事そうに抱えているところが、気の弱い公務員といった印象がする。もちろん、ユミは客に自分の好みを求めたりはしない。お金さえ払ってくれれば文句はない。むしろこういった小心そうな客の方が金額をふっかけても拒否しないから都合がいい。足を開いて、喘ぎ声を上げていればそれだけで五万円が入る。男はユミを一目で気に入り、金額にもすぐに首を縦に振った。

この程度の男なら、十分もかからない。イカせてしまえば仕事は終わりだ。

早く終わって靴とバッグを買いに行きたい。そう思ってベッドに入ると、案の定、男は女の扱いに慣れてないらしく、もたもたしながらユミの乳房に吸い付いて来た。早く終えたい気持ちで、さりげなく身体の位置を変え、挿入に楽な姿勢をとる。なのに男は気づかず、ヴァギナの中に指を入れる。ユミは顔をしかめた。男の指は緊張のせいか、ユミの柔らかな粘膜を傷つけるかのように強《こわ》ばった動きをした。仕事の場合、濡れない時のためにいつもローションを使うのだが、もちろん今日はそんな用意はない。前の男の時もいくらか痛みはあったが、大して気にならなかった。痛みはしばらく我慢したが、男の指がいっそう激しく乾いたヴァギナをかき回して、ユミはたまらず口にした。

「痛い」

しかし、その一言が男をそれほど豹変させるとは思ってもいなかった。

男は指の動きを止めると、表情を強ばらせた。

「下手だって言うのか」

セックスに関して、男がどれほどデリケートな生き物であるか、よく知っているつもりだ。まれに仕事仲間がホテルの一室で冷たくなって発見される時、その原因のひとつに、セックスに関しての無防備な発言が発端となる。

「ごめんなさい、私、慣れてなくて」

「俺を馬鹿にしてるんだな」

「いやだ、違うわ、そんなんじゃないの」

ユミは猫なで声を出し、男の機嫌を取ろうとした。それでも、いったん沸き上がった男の興奮は簡単には収まらず、悪い方へと向かってゆく。

女に余裕のない男は、遊びのないハンドルのようなものだ。ほんの少しの行き違いが、思いがけなく目的を変える。男の顔つきは変わっていた。小心な表情の継ぎ目から歪んだ獰猛さが覗いている。マズイな、と思った時には男はユミの身体に覆いかぶさったまま、髪を摑み、身動きできないように押えつけた。

「おまえなんかに、おまえなんかに、馬鹿にされる覚えはない」

男の表情は真剣そのものだ。恐怖というより、滑稽さを感じた。たかが行きずりのセックスで、全人生をかけたような顔をしている。口から出るセリフも陳腐で、ますます男が馬鹿に見える。ユミは思わず笑いだしたくなった。しかしトラブルはごめんだ。もちろん五万円も欲しい。この男をどうなだめようか、泣いてみせるか甘えてみせるか。それともフェラチオをしてやろうか。きっとヒィヒィ言って喜ぶに違いない。上乗せ二万円で話をつけてやろう。

「ねえ、口でしてあげようか？」

男の唇が細かく震え、こめかみにうっすらと血管が浮かんだ。

「その汚ない口で、今まで何人の男をくわえて来たんだ」

ユミは身体を堅くした。計算とは少し違っていた。

「売女め、頭の中は男とヤルことしか考えてない、薄汚れたメス豚め」

平手が飛んだ。ユミは驚いて男の顔を見た。男の血走った目が、異様に燃えていた。ユミは覚悟を決めた。男のプレイ方法がやっとわかったからだ。女に対する憎しみを増幅させることで、性欲を呼び起こすタイプがいる。この男がまさにそうなのだ。それを専門に扱う女もいるが、ユミは得意ではない。間違ってそういう男に当たった時、たいていひどい目に遭《あ》わされた。

「口でしてあげるだって？　おまえ、何様のつもりだ。売女のくせに生意気なんだ。させてくださいって言え」

男は勝手に怒り、その怒りで自分の興奮のテンションを上げてゆく。男はペニスを強引にユミの口の中に突っ込んだ。息ができず、喉がゼイゼイと鳴った。

「下手くそなのはおまえじゃないか。もっと舌を使え。真剣に舐《な》めろ」

ユミは抵抗しなかった。抵抗が逆に男の狂暴さにもっと拍車をかけるのはわかっていた。目を閉じ、お金のことだけを考えた。次に買うつもりの靴とバッグを思い描いた。十三歳の時から、男に突き立てられ続けて来た。今さらベッドの上で道理などを持ち出すつもりはない。お金がすべてをチャラにしてくれる。それは強力な濾過《ろか》装置なのだ。

男はユミの口の中で十分に勃起したペニスを引き抜き、身体の位置を変えて、ユミのヴァギナへと挿入した。まるで皮膚が裂けるような痛みが走った。

「もっと腰を使え、喘ぎ声を上げろ、俺のは最高だと言え。ちくしょう、この淫乱なメス豚めが」

男は口汚なくユミを罵《ののし》りながら、激しく動く。痛みに耐えつつ、こうやって今まで数えきれない夜を過ごして来たと同じように、ユミは早く男が射精するのを待ちながら、ひたすら期待通りの声を上げ続けた。

終わると、男は再びびくびくした小男に戻っていた。

「すごくよかったよ。ありがとう」

ろくに目も合わさず、卑屈な笑みでユミに愛想を振り撒いた。その変貌ぶりに別段驚きはしなかった。誰もが持っている光と影はセックスの中ではっきりと姿を現わす。娼婦の仕事は、そのどちらもヴァギナに受け入れることだ。

ユミは黙ったままベッドから出て、シャワールームに入った。下半身が痺れたように感覚がない。お湯を頭からかぶっていると、白いタイルの上を、ひと筋の血が流れていった。まるでヴァギナから流れ出る涙のように思われた。それは生きているように蛇行しながら排水溝に吸い込まれていった。

シャワーを終えてベッドに戻ると、男の姿は消えていた。そいつの服も靴も鞄もなかった。慌てて自分のバッグから財布を取り出すと、なけなしの五千円も抜かれていた。

「やられた」

床に座り込んで、しばらくぼんやりした。全身が弛緩《しかん》したように機能しなかった。廊下から男と女のもつれるような笑い声が聞こえて来る。セックスの垂れ流しみたいな笑い声だ。ユミは自分に呆れ果てていた。馬鹿な女はどこまで行っても、悲劇どころか喜劇にもならない。


ホテルを出ると、もう陽は傾いていて、街はうっすら夜の気配を漂わせていた。ユミはコーヒーショップの隅の席に座って、温かいコーヒーをすすった。

お金はもうない。財布の中には数える程度のコインしか残っていない。ふと、響子を思った。本当に響子は戻って来るだろうか。戻って来なければいいのに、と思う。だいたいユミ自身、三百万を用意するなどと、そんなあてにならない約束のために、横浜の街にこうして残っている方がヤバイのではないか。もう海外逃亡は諦めて、この際、別の方法を考えるのはどうだろう。日本全国、スマホがあればどこでだって暮らしてゆける。自分は若いし美人だ。稼げる自信は十分にある。スペインが無理ならそれに似た土地、沖縄なんていいかもしれない。行ったことはないけれど、あそこなら米軍の男をうまくたぶらかして、それこそ密出国より簡単に日本から脱出できるかもしれない。

そんな想像はユミを楽しませた。ユミは後ろを振り向かない。振り向いて、得するものを拾ったためしはない。そうやって、いちばん楽しく生きる方法だけ考えて来た。

下腹には鈍い痛みが再び始まっていた。あの男に散々やられたのもあるのだろう。お腹の中がいったいどうなっているのか、ユミには見当もつかなかったが、出血は今のところ止まっている。身体がやけに怠《だる》いが、とりあえずもう一度稼ごう。

画面をタップしながら、相手を探した。出てくるどいつもこいつも、金を持っていない男ばかりだ。中年の男も出たが、前ので懲りていて、できたら最初に付き合ったような若めのサラリーマンがいいと思っていた。だが、どういうわけか学生ばかりだった。ようやく悪くない相手と出会った。

〈いくつ？〉

〈二十四。君は？〉

〈十八歳の女子大生よ。でもいいの？　こんな時間に。営業マン？〉

〈今夜は夜勤なんだ〉

〈ふうん、どんな仕事？〉

〈飲食関係〉

〈シェフ？〉

〈まあね〉

〈お金、ある？〉

〈ストレートに聞くんだな〉

〈ちょっと私、ピンチなの。助けてもらえたらなぁって〉

〈それなりに持ってるよ〉

ユミは彼と会うことに決めた。三十分後、約束した中華街の関帝廟《かんていびょう》の前にある喫茶店のドアを開けた。彼は目印にナイキのキャップをかぶっていると言っていて、ユミはすぐに窓際の席にその姿を見つけることができた。

「こんにちは」

にこやかに声を掛けると、彼が顔を上げた。キャップだけでなくサングラスもしている。顔は鼻から下しか見えなかったが、すぐに失敗したなと思った。二十四歳というのは絶対に嘘だ。どう見ても二十歳、もしかしたらもっと下かもしれない。このまま帰ってしまおうかとも思ったが、また相手を探すのも億劫《おっくう》だった。電話ではそれなりにお金を持っていると言っていた。それなりというのも怪しいものだが、一万二万というわけはないだろう。有り金はみんな頂くことにしよう。

彼はユミの顔を見ると、首を少し傾け、何か言いたげな表情をした。

「どうかした？　私、何か変？」

ユミが尋ねる。

「いや、どこかで会ったことあるような気がして」

「ふふ、そうかもね。私も初めて会った気はしないな」

ユミは笑って調子を合わせた。こんな常套句《じょうとうく》には慣れっこだ。男というのは、どうしてこうも誰もが同じセリフを口にするのだろう。コーヒーを注文し、それが運ばれて来る間、彼は黙っていた。コーヒーを一口飲んで、ユミは質問した。

「あなた、本当に二十四歳？」

「もちろん」

彼はその時だけ、やけにはっきりと答えた。そう言うならそれでいい。別に暴き立てるつもりはない。年齢なんてどうでもいい。

「何で？」

「ずいぶん、若く見えるから」

「みんなに童顔だってよく言われるよ。それで君は本当に十八歳？」

「そうよ、見えない？」

「ま、別にどうでもいいけど」

会話が続かない。彼はジッポのライターのふたを開けたり閉じたりしている。さっさと誘えばいいのに、と思う。何も交際しようという相手と向き合っているわけじゃない。最初から目的は決まっているのだ。会話の糸口を見つけるつもりで、ユミは尋ねた。

「ねえ、あなたどんなお店にいるの？」

「イタリアンだよ」

「あら、私、イタリアン大好き。バジリコのたっぷり入ったパスタとか、ガーリックの効いたピザとか。一週間に三度はイタリアンよ」

馬鹿みたいにはしゃいでみせる。彼はちょっと嬉しそうな顔をした。

「うん、ピザの生地を作るのは得意なんだ。それだけは店の中で誰にも負けない」

「お店ってどこにあるの？」

「本牧のB突堤にある『J』って……」

「えっ？」

彼が顔を真正面に向けたまま、動作を止めた。サングラスの奥から食い入るようにユミを見つめている。それはユミも同じだった。彼がゆっくりサングラスをはずした。

「おまえかよ」

「あんたなの！」

ユミは叫んだ。

「何なのよ、これ。何でこういうことになるわけ」

急に気が抜けて、ユミは言った。彼もまた不貞腐《ふてくさ》れた顔をした。

「それはこっちのセリフだよ」

ユミはソファにもたれかかった。

「サングラスなんかしてるから、全然わかんないじゃない」

「そっちこそ、ゆうべとは格好も化粧も違うじゃないか」

「買ったのよ。タバコ、ちょうだい」

言うと、彼はぶっきらぼうにマールボロを差し出した。ユミが彼のジッポを手にし、火をつけて長く煙を吐き出す。

「あんたさ、こんなことしてていいのか」

彼が言った。

「何でよ」

「捕まったら、どうすんだよ」

一瞬、ユミは緊張する。

「何よ、それ、どういう意味よ」

「もう知ってるよ。郷田って組の幹部を射ち殺したんだろ。その上、三千万の金を持って逃げたんだってな」

「……」

「組の奴ら、血眼《ちまなこ》になって探してるぞ。こっちの方にも大分手が回ってるよ」

「ふうん」

「それで、金はどうしたんだ?」

煙の向こうから、彼は探るような目を向けた。どいつもこいつも、金となったら目の色が変わる。まったくツイてない時はとことんだ。ユミは舌打ちをしたくなった。これ以上、この男と向き合っていてもしょうがない。ユミは灰皿に煙草を押しつけ、席を立った。

「私、帰る」

「帰るって、どこに」

「関係ないでしょ」

「明日の船はどうするんだよ」

「どうでもいい」

ひとりで喫茶店を出ると、西日が正面から当たって、眩しさにくらくらした。中華街の派手な装飾が頭の芯まで極彩色に染める。街はもう夜の準備が整っていた。声がしたような気がして振り向くと、彼が後ろから追い掛けて来た。

「待てよ、短気だなぁ」

「まだ何か用があるの？」

「余計な事言って悪かったよ。今は、あんたは大事なお客だからな。下手に街をウロウロされて、捕まるようなことがあったらせっかくの儲けがフイになる」

「それで？」

「よかったら、明日の朝まで僕が匿《かくま》ってやろうか」

ユミは彼の目を覗き込んだ。

「よく言うよ。笑わせないでよ」

彼は黙り込んだ。

「行ってよ」

ユミは吐き捨てるように言った。顔も見たくなかった。

その時、下腹に強烈な痛みが走った。それは下腹だけでは治まらず、背中にかけて突き上げるようにガンガンと断続的に襲って来る。ユミはお腹を押え、呻き声を上げながらしゃがみ込んだ。

「どうした」

彼が驚いて顔を覗き込んだ。何か言おうとしたが、喉の皮膚がぺたりと張りついたように声が出ない。彼の顔の輪郭が曖昧にぼやけてゆく。目の前に並ぶ目も眩むばかりの色彩で覆われた建物や看板がモノクロに変わっていった。気を失うんだ、とユミは思った。遠《とお》退《の》く意識の中で、こうなるのは二回目だな、と考えていた。

響子

駅はひどく混んでいた。

目立たないためにと、わざと通勤ラッシュの時間帯を選んで乗ったのだからしょうがない。

石川町《いしかわちょう》からJRに乗り横浜駅《よこはまえき》へ。そこから東横線《とうよこせん》に乗り換えるつもりだった。目的の場所は青山《あおやま》にあり、乗り継ぎもその方がやりやすい。

横浜駅で九時を回ったことを確認して、響子は公衆電話に向かった。キャビンにあった古いパソコンを使って、かつて響子が勤めていた会社の電話番号を確かめておいた。間違いなかった。退職してから十五年、その番号をまだ覚えていた自分に傷つきそうになった。

「はい、東都企画《とうときかく》でございます」

丁寧だが、機械音のような総合案内の声が聞こえる。

「第二企画室の鴻野さんをお願いします」

その名を口にするのも十五年ぶりだった。

「失礼ですが、どちらさまでいらっしゃいますか」

聞かれるのはわかっていた。予《あらかじ》め用意しておいた名を告げた。

「アドシーンの佐藤《さとう》と申します」

「承知しました。しばらくお待ちください」

保留と同時に音楽が流れた。どこかで聞いた曲だと思っていると、ビバルディの『四季』だった。思わず笑いだしそうになった。あの頃もこの曲が使われていた。

音楽が不意に途切れて、先程の女性が出た。

「お待たせしました。お調べしましたが第二企画室に鴻野という者はおりませんでした」

その時になって初めて気がついた。確かに十五年も前の部署にそのまま残っているわけがない。

「あの、鴻野慎市さんはどちらかに異動になられたのでしょうか。てっきり本社にいらっしゃるとばかり思っていたんですが。発注の件で確認したいことがありまして」

「お調べいたしますので、もう少々お待ちください」

エリートコースを着実に歩いていた。あの時、鴻野は同期のトップを切って室長に昇進し、部長の椅子もすでに射程範囲にあった。近い将来、取締役としての座も確実視されていた。

「お待たせいたしました。鴻野慎市は鎌倉《かまくら》の村田《むらた》広告店に出向しております」

「出向ですか」

思わず聞き返した。

「はい」

一瞬、不可解な思いがよぎる。取締役が確実と言われていた鴻野が、なぜ出向などしているのだろう。

「では、そちらの電話番号を教えていただけますか？」

女性が言う番号を、メモの用意がない響子はソラで覚えた。

すぐに電話をかけようかと思いながら、響子は電話から離れて発券機で鎌倉までの切符を買い、改札口を抜けた。

朝の通勤時間のせいで、下りの電車は拍子抜けするほどすいていた。上り電車の混み具合とは雲泥の差だ。日差しで暖まったシートに腰を下ろすと、心地よい温《ぬく》もりが緊張した身体をほぐしてくれるようだった。車窓に間延びしたような風景が流れてゆく。やけにスピードが遅く感じるのは、この車両に乗っている誰もが急いでいるふうには見えないからかもしれない。

鎌倉駅のホームに降り立ったのは九時半を少し過ぎていた。販売機の横に公衆電話を見つけたものの、やはり受話器を手にするのがためらわれて、改札口へと向かった。途中、混雑したキヨスクを選んで一般紙とスポーツ紙を買った。駅を出てバスターミナルを正面にして、左の道を選んでゆく。すでに観光客が散策を楽しんでいた。それらに紛れるように、速いでもなく遅いでもない歩調で歩いていった。しばらくして、モーニングサービスと書いてあるありふれた造りの喫茶店が目に入った。軽い朝食をとるくらいの余裕ならある。響子はドアを押した。

奥まった、なるべく客と顔を合わせなくてすみそうな席を見つけ、トーストにサラダ、コーヒーというういちばん安いセットを注文した。それから新聞を広げ、目を通した。一般紙の社会面の片隅に小さな見出しを見つけた。

『藤森佑介氏の通夜が執り行なわれる』

響子は顔を近付けた。

『藤森産業の藤森佑介氏の通夜が、護国寺《ごこくじ》でしめやかに執り行なわれた。未《いま》だ、犯人は見つかっておらず、警察当局は事件後、現場から行方をくらました清掃員山本道子こと並木響子ともうひとりの女性の行方を追っている』

事件から三日目、一般紙としての報道の価値はいくらか薄くなったようだが、スポーツ紙の方は違っていた。スキャンダルとしてはまだまだ利用できると踏んでいるらしい。響子と藤森佑介との過去の関わりについてもどう調べ上げたのか、警察からの情報公開でもあったのか、かなりの紙面をさいて載せていた。それは今から三年前の事件についてであり、今度の出来事はすべてあの事件が発端であることに間違いはないだろうと書かれてあった。

店員がテレビのスイッチを入れて、急に店内が騒がしくなった。響子は顔を上げた。テレビではワイドショーをやっていて、そこには大きく佑介の父、藤森功一郎が映し出された。レポーターたちにマイクを突き付けられ、彼らの興味と興奮とに包まれている功一郎は、まるで蟻《あり》に群がられている死にかけた動物のように見えた。堅い表情で無言を続けていた功一郎が突然、顔を上げ、叫んだ。

「なぜ、息子が責められなければならない。息子は犯罪者じゃない！　殺されたんだ、被害者なんだ！」

三年前、同じ台詞《せりふ》を自分も叫んだのを響子は思い出していた。

しかし、功一郎がどれだけ言葉を吐いても、異世界の人間を相手にしているように彼らには通じないだろう。彼らは理解するという器官がひどく衰えている生きものなのだ。新しい興味の対象が出現するまでこの拷問は続く。自分の叫びが何の意味も持たないのを、やがて彼も認識するようになるだろう。

響子は静かに画面を眺めていた。気持ちが騒いだり、動揺することはなかった。ゆっくりとコーヒーを飲み、安物のバターが塗りたくられたトーストを食べた。それが最後のニュースだったのか、司会者の短いコメントの後、やがて画面は再放送のドラマにと変わった。それと同時に、響子は席を立った。

小町《こまち》通りを鶴岡八幡宮《つるがおかはちまんぐう》に向かって歩いてゆく。公衆電話を見つけるたびに足を止めるのだが、なかなか手が伸びない。ユミが言っていた言葉を思い出す。「傷つくかもしれないよ」今さら、と思う。今さら何をどう傷つくというのだ。

結局、電話を手にしたのは、お昼近くになった頃だった。

コールが三度あって、受話器が取り上げられた。

「はい、村田広告店」

ぞんざいな口調の女の子が出た。

「恐れ入りますが、そちらに東都企画の鴻野慎市さんがいらっしゃるとお聞きしたんですが」

「ええ、いますけど」

「お願いできますか？」

「おたく、どちらさま？」

「生命保険会社の太田《おおた》と申します」

適当に名乗った。どんな形で警察の手が回っているかわからない。

「ちょっと待って」

電話が保留になる。受話器を持つ手が湿って来る。いなければいい、と一瞬思う。

「鴻野ですが」

唐突に、声があった。十五年ぶりで聞く声だった。懐かしいというより、戸惑いの方が強かった。こんな声だったたろうか。もう少し高かったようにも思えたし、少しも変わっていないような気もする。

「もしもし、鴻野ですが」

「響子です」

電話線の向こうで、鴻野の息を呑む様子が窺えた。響子はもう一度言った。

「並木響子です」

どんな反応があるか、響子は待った。慌てるか、怯えるか、いや、このまま切られてしまうかもしれない。

「今、どこにいる」

低い声で慎市は言った。彼も事件については知っているのだろう。答えていいものか、響子は返事に窮した。もしかしたら居場所をつきとめて、警察に売ろうというのではないか。その思いが瞬く間に広がり、それに答えないまま、響子は言った。

「お願いがあります」

「ああ」

「お金を用立てて欲しいんです」

「金……」

「はい」

「今、どこにいる」

慎市はもう一度言った。この男が自分を切り捨てるという想像は、容易についた。あの時と同じように、誓い合ったものをすべて捨てて、目を合わさず、言葉も交わさずに背を向ける。それでも今は、その危険と引き替えにしても三百万が欲しかった。

「鎌倉です」

「こっちに来ているのか」

「はい」

「とにかく会おう。鎌倉のどこだ」

「小町通りにいます」

彼は通りの中程から露地に入ったところにあるという喫茶店を指定した。

「わかるか？」

「たぶん」

「三十分でゆく。待っていてくれ」

電話を切って、響子は教えられた道筋を歩き、喫茶店に向かった。途中、七十代半ばの観光客の夫婦とすれ違った。日溜まりのように交わし合う笑顔に、お互いを労《いた》わり合う愛が透けて見えて、傷つきそうになる自分を哀れに思った。

鴻野の真意は読み取れなかった。少なくとも迷惑がってはいない、という自分の直感だけは信じたい。それでも、と思う。それでももし、喫茶店に彼の代わりに警官が入って来たら。その可能性はないとは言えない。

喫茶店の場所は確認したが、中には入らなかった。先に待っているなどという危険な真似はするつもりはない。小町通りはぶらぶら歩くには少しも不自然ではない。土産物や小間物、陶芸や鎌倉彫を売る店が並んでいて、むしろ足早に通り過ぎる方が違和感がある。

その中の化粧品店の前で響子は足を止めた。店先の鏡に映った顔は、緊張しているだけでなく、お化粧もはげ、疲れた様子がありありと滲み出ていた。このままでは会えない。こんな顔を見せたくない。そんな落胆した気持ちが、響子を店の中へと誘《いざな》った。

「いらっしゃいませ」

愛想のいい店員の笑顔に迎えられる。

「何をお探しですか？」

「あの、ファンデーションと口紅を」

「メーカーのご希望はございます？」

「いえ、別に」

「じゃあ、どうぞこちらに」

店員が、いや美容部員というのだろうが、カウンターの前に響子を座らせ、目の前にいくつかのパウダーを並べた。

「お客さまのお色からですと、こちらのカラーがお薦めです。よろしければ、お試しになりません？」

「そうね」

「こちらは新製品でございまして、粒子が今までのものとは比べものにならないほど細かくなっております。もう絶対にツキが違いますから」

延々と説明をしながら、店員は響子の顔にパウダーをはたいてゆく。確かにそれは肌を健康的な色に変えてくれ、響子はいくらか気分が軽くなった。次は口紅だ。あまり突出しない色合いを頼むと「新色です」と、自信ありげに選んで来たのはオレンジがかったベージュだった。

「よくお似合いですよ」

リップブラシを使って丁寧に塗られた口紅は、確かに似合うと自分でも思う。両方とも、かなりの値段がするようだ。どうせ買えない、と思うとむしろ気楽になった。

「そうね。とってもいい色。ついでに眉とアイラインも少し直していただけないかしら」

「もちろんです」

店員は嬉々として響子の要望を叶えてゆく。少しばかり良心が痛む。人殺しまでしておいて、と人が聞けば笑うだろう。重大な状況とは関係なく、こういった瑣末《さまつ》なことにこだわってしまう自分の性格にうんざりする。

「お客さま、いかがでございます？」

「そうね、とてもいいわ」

「よかったです」

「でも、ごめんなさい、少し考えてみるから」

店員の顔が見る間に不機嫌になってゆく。騙されたとでも言いたげだ。響子はスツールから下りた。ありがとう、と言っても店員からの返事はなかった。ないことで、いくらかホッとした。

化粧品店を出てから初めて気がついた。無防備に顔を晒してしまうなんてどうかしている。こういうところが追われている自覚が足りないのだと、自分の軽率さを悔やんだが、今さらどうすることもできない。再び指定の喫茶店に向かった。約束の時間は五分ほど過ぎていた。

店に近づくと、響子は髪に手をやり、ほつれを直した。そしてすぐに、そんな自分に呆れていた。十五年という年月がどんなふうにお互いを変えているか、そこに何も期待はない。期待など持ってもどうしようもない。三百万というお金を鴻野から引き出すことだけを考えればいい。

通りに面した窓から喫茶店の中を窺うと、カップルが一組と、子供連れの母親。そして、こちらに背を向けて壁ぎわに座る男が見えた。彼だろうか。少なくとも、警察の人間がいるとは思えなかった。ドアの前に立つ。自動ドアが左右に開く。その音に男が振り向く。目が合う。鴻野だ。

しかし、鴻野の方は違っていたようだ。一瞬、顔を向けたが気が抜けたようにまた姿勢を元に戻した。無理もないだろう。彼がテレビや新聞で響子の手配写真を見ていたのであれば、目の前の響子とは結びつかないに違いない。

響子は近付いてゆく。情けないことに指先が細かく震えていた。

「お久しぶりです」

鴻野の前に立ち、響子が頭を下げると、彼は狼狽《うろた》えたように立ち上がった。

「君か」

「はい」

「悪かった、わからなかった」

「わからないようにしていますから」

「ああ、そうか」

鴻野が緊張した顔で頷く。ふたりは腰を下ろし、向かい合った。鴻野は髪がかなり白くなり、生え際の辺りはいくらか地肌が透けて見えていた。目尻には皺《しわ》が刻まれ、頬にはいくつか茶色いシミが浮かんでいる。あの頃、会社で見せていた精彩はなく、どこか全体的にぼんやりとした印象が漂っていた。年をとった、と思った。同時に、自分も同じことを感じられているのだろうと想像した。

ウェイトレスがオーダーを受けて去った後、鴻野は堅い表情のまま呟くように言った。

「驚いたよ」

それが事件のことを言っているのか、こうして連絡をとって来たことを言っているのか、すぐにはわからなかった。

「どうして、あんなことを」

鴻野の目に暗い影が差す。それには答えず、響子は単刀直入に切り出した。

「さっきも電話で言いましたが、お金を用立てて欲しいんです」

「逃げるためか？」

「勝手言って申し訳ありません。何も聞かないでくれますか」

「そうか」

「虫のいい頼みだってことはわかっています。でも、お願いします。どうしてもお金が必要なんです」

響子は抑揚のない声で一気に言った。鴻野は黙り込んだ。コーヒーが運ばれて来る。響子は手をつけない。今、身体を動かせば、殻が破れて、違う自分が現われてしまいそうな気がした。

「いくら必要なんだ」

「三百万です」

鴻野の押し黙った姿を、響子は過去と重ね合わせる。あの時もこうやって、鴻野は押し黙った。彼が持つ沈黙の向こうに、信じたくない結末が見えた。この人はもう戻らない。すべてから目を逸らし、耳を塞ぎ、口を閉ざして、逃げ出そうとしている。そして、その予感に間違いはなかった。

「わかった」

短い返事があった。頼んでおきながら、意外な答えを聞いたような気がして、響子は顔を上げた。

「いいんですか」

「ああ、何とかする」

「ありがとうございます。助かります」

「夜まで待ってくれないか。それまでには用意するから」

「はい」

「七時頃ではどうだろう。僕にとっては、少し時間が必要になる金額だ」

「わかりました。それで結構です」

「七時にどこかで会おう。どこがいい？」

それから思い出したように鴻野は響子の顔を見直した。

「あまりウロウロしていてはいけないね。確かに、テレビで観た君とは別人だが、誰に気づかれないとも限らない。もしいやでなかったら、僕のアパートで待っていてくれないか。小さくて汚ないアパートだが、単身赴任の男ばかりが住んでいて、日中は誰もいない」

怪訝な思いで響子は顔を上げる。やはり警察に通報するのではないかという疑いが浮かんで、響子は鴻野の手元を見た。あの頃、鴻野は嘘をつく時、決まって右手の中指を細かく動かした。けれども今、テーブルの上で重ねている鴻野の指には何の変化も見られない。

「いいんですか？」

「ああ、そうしてくれ」

鴻野は上着の胸ポケットから手帳を取り出し、住所と電話番号、そして簡単な地図を書いた。それから今度はズボンのポケットを探り、キーケースを取り出すと、その中のひとつをはずしてメモと一緒にテーブルの上に置いた。

「僕はスペアを持ってるから大丈夫だ。七時には間違いなく帰る」

「わかりました」

「携帯は持ってるのか？」

「いいえ」

「そうか」

響子が席を立つ。

「ひとつだけ」

鴻野が呼び止めた。

「ひとつだけ聞かせてくれないか」

「何でしょう」

響子は立ったまま鴻野を見下ろした。

「あの子は、三年前自殺した可菜という子は、僕の子供ではないのか」

哀しみと怯えがないまぜになったような眼差しに、響子は心臓が鷲摑《わしづか》みにされたような気がした。しかし、その答えを口にするには、自分自身の傷が深すぎる。

「七時に待っています」

響子は鴻野に背を向けた。

慎市

手がつけられないまま冷めてしまったコーヒーを鴻野は見つめていた。

それはまるで暗闇を覗き込む穴のようだった。

あの時も、こうして響子が席を立ち、去って行った。

愛していた。それに嘘はない。すべてを捨てて響子と生きてゆきたいと思った。あれほど愛した女はいない。十五年たった今も、それははっきりと言える。

すべての責任は自分にあるのを鴻野は否定できるはずもない。結局、決断を下せなかった。追い詰められた状況を言い訳にするつもりはない。あの時、卑怯な自分がまったくなかったとどうして言えるだろう。響子を愛していながらも、その思いを貫き通すために抱え込まなくてはならないさまざまなやっかい事を、どこかで鬱陶《うっとう》しく感じていた自分がいたのも確かだ。響子は敏感にそれを感じ取った。そんな自分に失望し、彼女は背を向けたのだ。

新入社員の響子が部下として配属されて来た時、格別な意識を持ったわけではなかった。彼女はなかなかの努力家で、仕事にも熱心だった。突然の残業や、取引先からの苦情電話も、イヤな顔ひとつせずてきぱきとこなしていった。

ふとした時、表情に翳りのような気配を滲ませたが、若い女に憂鬱はつきものといっていいだろう。さほど気にしてはいなかった。少しクセのある髪をショートカットにし、化粧っ気はあまりなく、パンツスーツを好んで着ている彼女は、どちらかというと少年のような印象があった。

響子はちょうど一回り下になる。彼女と出会った頃、私は三十の半ばに差し掛かろうとしていた。お互いを意識し始めたのは、それから二年が過ぎた頃だ。きっかけは、そこいらに転がっているものと同じだろう。クライアントの接待の帰りが一緒になり、ふたりで食事をした。それから場所を変えて少し飲んだ。

響子は終始、楽しそうだった。酒の席でも決して仕事の不満や同僚の悪口をもらしたりはしなかった。頭のいい子だなと思った。こういう場で、それをする女性部下はうんざりするほど見て来た。

「恋人は？」

何の気なしに尋ねた。そう、深い意味などない。ただ聞いてみたかっただけだ。今ならセクハラだと訴えられるかもしれない。

「います」

はっきりとした答えが返って来て、どこか落胆している自分に苦笑した。

「そうか、そうだろうな。いて当然だ」

「残念って、少し思いました？」

「まさか」

「それは、私が残念」

父親になるには、年が近すぎる。それでも響子はどこかそういった思いを私に寄せているように思えた。響子が幼い頃に父親を亡くしていたのを知ったのはそれからしばらくしてからだ。

響子の中に、父親に対するコンプレックスが強く残っているのを感じた。父親が不在の家などヤマほどある。私の家庭がいい例だ。私は響子の父親の役割を背負わされることに、半分は心地よさを感じていながら、半分は不満だった。

いけない、という思いは、すでに恋に含まれている。私は響子に恋をし、そして響子も同じだった。響子は付き合っていた恋人と別れ、彼女なりの結論を出した。恋という単語が持つ気恥ずかしさと恍惚《こうこつ》に揺れながら、私たちはやがて逢瀬を重ねるようになっていた。

恋は必ず終わる。私たちも例外なく恋の終わりを迎えた。そして、その次に進んだものは、別れではなく愛だった。私たちはもう決して離れられないという絆《きずな》で結ばれていた。

妻との離婚に躊躇はなかった。学生時代から付き合ってきた妻とは、男と女というより同志のような関係だった。妻の意識と興味はすでに彼女の仕事である翻訳と五歳になる娘だけに向いていた。そういう意味では夫婦としてはずいぶん前から破綻《はたん》していた。確かに娘のことは気掛かりだったが、私は自分の人生を犠牲にするというやり方で、娘への責任を取ろうとは思っていなかった。

「君と結婚したい。そのために妻とは別れるつもりでいる」

その時、ひどく困惑した響子の表情を見て、私は拍子抜けした。

「てっきり、喜んでくれると思った」

「私のことと、奥さんとの離婚は別問題だと思っています」

それから少しためらった後、言葉を続けた。

「本音を言えばすごく嬉しい。でも、嬉しがる自分が浅ましい人間のように思えて」

そう言って泣くのをこらえる響子が心から愛《いと》しかった。愛しさに理由はない。ただ愛しい。私は響子を抱きよせる。この女と一生を伴にしたいと望む。それを愛という言葉以外にどう表現すればいいだろう。

自宅である千葉のマンションはまだ十五年ほどローンが残っていたが、それを売却して現金に換え、慰謝料と養育費の折り合いさえつけば、離婚にさしたる問題はないとタカをくくっていた。そんな私は、思いがけない妻の反応に愕然《がくぜん》とした。

「離婚はしない」

妻の答えは確固たるものだった。

「条件を言ってくれ。僕にできることは何でもする」

「条件なんてないわ。離婚はしない、それだけ」

驚いたことに、妻は私の身辺をすでに調べ上げ、響子の存在も知っていた。妻の自尊心を傷つけたせいで話がこじれてしまったのかもしれない。私に好きな女がいるという事実は、妻を想像以上に頑《かたく》なにさせた。

「壊れてしまったものにしがみついていても、虚《むな》しい人生を送るだけだ」

「私が壊したわけじゃないわ」

「だから、できる限りのことはする」

「娘の受験はどう考えてるの。離婚なんてマイナスになるだけよ。あの子の将来を潰す気なの？　それでも父親なの？」

妻が私を見る。今まで一度も見たことのない激しさを湛えた目だった。こんな目を持っていたのかと、私はたじろいだ。

「もし、その女と別れないというなら、仲人をしてくれた常務さんにバラすわ。部下と不倫して、妻子を捨てるような男を、常務さんはどう評価するかしら。エリートコースからはずされてまでも、あなたにそれを選ぶ勇気があるかしら」

私は言葉に詰まった。ほんの一瞬だ。すぐに答えた。

「ある」

嘘ではない。本当にそう思った。しかし、その一瞬のためらいに、妻は私の弱さを見いだしていたのかもしれない。

妻が睡眠薬を多量に飲んだのは、それからひと月ほどしてだった。無言という重圧に耐えきれなくて、私はほとんど家には帰らず、響子のアパートで寝泊まりした。妻と子供にさえ目を瞑《つむ》れば、私たちは幸福だった。

真夜中、妻から響子のもとに電話が入った。

「あなたによ」

響子から強ばった表情で携帯電話を差し出された時、ひどく悪い予感がしたのをよく覚えている。そして、その予感は的中した。呂律《ろれつ》の回らない声で、妻は繰り返した。

「離婚はしない、何があっても。どうしてもというなら、死にます」

急いで自宅に戻ると、寝室で妻はほとんど意識不明の状態になっていた。ナイトテーブルに薬ビンが何本も並び、カーペットの上には白い錠剤が散らばっていた。私は救急車を呼んだ。

眠った娘を胸に抱え、病院の暗く冷たいベンチに座って、私は処置が終わるのを待っていた。睡眠薬でなかなか死ねるものではない、という話は聞いたことがある。しかし、それがたとえ狂言であっても、私は動揺を抑えられなかった。そこまでしても、妻は私を引き止めようとする。その執念に、私は怯えた。

妻が目を覚ましたのは明け方近かった。看護師に呼ばれて病室に行くと、妻は虚ろな目で私を見つめ、声もなく、はらはらと涙を落とした。私はどうしようもなかった。

「すまない」

結局、私はその言葉を妻ではなく、響子に告げなければならなかった。

響子は詰《なじ》るような言葉は何も口にしなかった。響子もまた、妻と同じように、私の弱さをどこかで感じとっていたのかもしれない。やがて響子は会社を辞め、アパートを変え、その痕跡をことごとく消して、私の前からいなくなった。私は大きな喪失感に見舞われながらも、諦めという、考えようによってはいちばん安穏な状況に身を沈めることで、自分の居場所を手に入れた。

鴻野は残ったコーヒーを飲み干し、ウェイトレスに手を上げて、追加をオーダーした。
三百万という金をどう工面するか。大金ではあるが、それくらいの金はないわけではない。しかし収入はすべて妻が管理していて、銀行の通帳や印鑑も千葉の自宅にある。取りに戻るには時間がかかるし、妻に詮索を受けたり説明をする煩わしさを考えるだけでうんざりだった。

自分が使う口座の残高は、たぶん二、三十万といったところだろう。五十を過ぎた男が、三百万の金さえ自由にできない、その腑甲斐《ふがい》なさに笑いたくなる。

鴻野はポケットから財布を取り出した。手持ちのクレジットカードが二枚ある。キャッシングのサービスも扱っているはずだった。限度額がいくらかわからないが、まずそれで借りられるだけ借りよう。後は民間のローン会社で借りればいい。保険証も運転免許証も持っている。一軒で足りないなら、何軒も回ればいい。駅前には、そういった看板がイヤほど立っている。

二杯目のコーヒーを半分だけ飲むと、鴻野は席を立った。

響子と引き替えにしたすべてのものは、十五年という年月の中で、確実に私を腐らせた。誰のせいでもなく、すべては自分が選んだ結果なのだと言いきかせても、私は自分の悔いを飲み込むことができず、いつも喉元に痼《しこ》りを持ったような気がしていた。

妻との関係は、ついに修復できなかった。自殺未遂の夜、妻の涙に私への愛情を感じた。妻が、これほど私を必要としていると初めて知り、それにある種の感動さえ覚えていた。しかしそれは錯覚だった。それは私だけでなく、妻も同じだったのではないか。自身を死に追いやるまでの激しい感情の底に潜む、もうひとつの自身の存在に気づかなかった。

妻は私を軽蔑するようになっていた。好きな女ができても結局は離婚できず、会社での自分の地位を守るために女を裏切った私を。

しかしそれに気づいても、妻は自分から別れるとは言わなかった。自分の選択を間違いだったと認めたくないばかりに、妻は私との生活を続けた。

平成不況を抜けて、世の中の景気は少しずつ上向きになっていた。そんな時、私は大きなイベントの責任者に抜擢《ばってき》された。私は仕事にのめりこんだ。常務の後押しで部長に昇格したのもその頃だ。仕事が楽しく、それはセックスとは比較にならないほどの快感をもたらした。その頃、何人かの女と寝たが、相手のことはほとんど覚えていない。もしかしたら私が抱いていたのは、一瞬という刹那だったのかもしれない。

終わりは唐突にやって来た。リーマンショックである。スポンサーだったクライアントはことごとく下り、イベントそのものが中止になった。会社の決断は早かった。社会事象が要因とはいえ、損失を被《こうむ》った責任を負わされて、出向の辞令が下された。

ひと月後には、鎌倉にある従業員が二十人ばかりのスーパーのチラシなどを制作する小さな会社に追いやられた。仕事などあるはずもない。私はやっかい者でしかなかった。従業員たちの冷ややかな視線を受けながら、それでも私は毎日出勤する。今の私は、この仕事場も取り上げられてしまったら、確実に自分の居場所を見失ってしまうだろう。私はそれが怖かった。


一枚のカードで五十万、もう一枚のカードで八十万が借りられた。その後、ローン会社を四つ回り、残りの百七十万を手にした。こんなにも容易く金が借りられることに驚いた。ローン会社は明るく、借りる方も貸す方も、屈託ない表情をしていた。

事務所に戻ると、経理を担当している事務員から声がかかった。

「さっき、警察の人が来てましたよ」

一瞬、ひやりとしたものが背中を走る。

ばいい。

すぐに残った仕事を片付けた。仕事と言っても大したものはない。ほんの三十分もあれ

「そう、ありがとう」

「さあ、出掛けてるって言ったら、そのまま帰っちゃいましたけど」

「それで？」

先日、千葉の自宅に久しぶりに帰った。

本社で、三カ月に一度の定例報告会があったからだ。会議はいつも午前中に行なわれるため、その前日には、自宅に泊まる。その前に泊まったのも、会議がある三カ月前だった。

妻と私が会話を失い、目さえ合わせなくなってから、ずいぶんたった。今、私が自宅に泊まる時、布団は客間に敷かれる。食事は一人前だけがテーブルに並べられる。汚れ物を妻は自分や娘の分と一緒に洗わない。娘は父親に興味はなく、進学の相談もなかった。たまに顔を合わせても、すぐに自分の部屋に入ってしまう。私が使った後の風呂はシャワーしか使わない。

もう、慣れていた。そんなことに、いちいち目くじらを立てるつもりもない。

ただ、思うのだ。

これは罰なのか。

ユミ

ユミは薄く目を開けた。

まるでぶれたテレビ画面を観ているように、天井や壁がぼんやりと滲んでいる。起き上がろうと身体を起こしかけたが、ひどい目眩《めまい》がして、再び布団に身体を預けた。

ゆっくり首だけを回して、辺りを窺ってみる。どうやらここはアパートの一室らしい。広さは六畳ばかり。窓にかけてある黄色い花柄のカーテンには、茶色いシミが広がっていた。こんな趣味の悪いカーテンは見たことがなかった。部屋には呆れてしまうほど物がなく、ひとつだけ安物の小さな食器棚が置いてある。そこにカップラーメンやスナック菓子が放りこまれているのが見えた。ここはどこだろう、と考えて、ようやく記憶が蘇った。あいつのアパートだ。

彼の姿は見えない。買い物にでも行ったのだろうか。それとも仕事だろうか。寝たままぼんやり考えていると、大分落ち着いて来た。ユミはようやく身体を起こした。

時計は六時四十二分を指している。部屋の中は薄暗く、蛍光灯のヒモを引っ張ると、青白く乾燥した光が部屋の隅々にまで広がった。

ベッドに腰を下ろして、これからどうするかを考えた。響子との待ち合わせのホテルに予約を入れておいた方がいいだろう。

机にパソコンを見つけ、ユミはネット予約をした。

体調は芳しいとは言えない。身体はふらふらするし熱もあるようだ。それでも、何とか少しお金を手に入れたい。ホテルの代金を踏み倒してバックレるぐらい何でもないが、食べるにしても飲むにしてもお金がいる。そうだ、靴とバッグが欲しかったのだ。

ユミはドアに目をやった。あいつがこのまま帰って来ないのなら、手っ取りばやい方法がある。ユミは食器棚に近付いて、小引出しを開けた。コンビニの箸やスプーンが入っているだけで、金目のものはない。次に押入れの襖《ふすま》を引いた。

上段の半分には毛布と布団が一枚入っていた。片側にはポールを渡してあり、針金のハンガーにジーパンやシャツが掛けてある。それに隠すように下に籠《かご》があり、ちょっと期待したのだが、中には靴下とTシャツ、それにブリーフがあるだけだった。それらの端をちょっと持ち上げて底を覗いてみても、やはり何もなかった。

下段にはプラスチックの衣裳箱がふたつだ。屈んで引っ張りだし、蓋《ふた》を上げてみると、冬用のセーターとダウンジャケットが入っていた。手を突っ込んでみる。ふと指先に封筒のような感触があった。ユミはほくそ笑んだ。それは茶色のごく普通の封筒だった。期待しながら中にあるものを出してみた。がっかりした。古ぼけた写真が四、五枚入っているだけだった。

「シケてんな」

舌打ちしながら、何の気なしに写真を眺めた。畑の中で野良着《のらぎ》のまま、しかしいかにも記念撮影という感じでかしこまった顔つきの六人の姿が写っている。祖父母に両親、女の子と男の子。男の子はまだ十歳そこそこだが、あいつであるのはすぐにわかった。場所は日本ではないようだ。野良着もどこか違っている。顔つきも日本人とは微妙に違う。ユミは以前、仕事仲間の女の子から似たような写真を見せられたのを思い出した。その子は中国から来た語学留学生で、ユミより三歳年上だった。語学留学というのはもちろん名目で、ビザが下りているうちは当然のごとく、滞在期限が切れても街に立って客をとっていた。

「マンマの身体の具合がよくなくてね。弟と妹が六人もいる。もちろん国は認めてない子ばかり」

彼女はせっせと稼いで、家に仕送りをしていた。いつまでも日本語が上手《うま》くならず、客に声をかけるのが下手だった。彼女は一年ほど働いたが、雨の激しい夜に同じ中国人の男に殺された。犯人は今も見つかっていない。

　Jも中国人なのだろう。日本語も堪能で、注意しないとそれとは気づかないが、考えてみれば、ユミの逃亡に手を貸せるのだから蛇頭のメンバーと考えて間違いない。

　その時、ドアが開いた。ユミは慌てて写真を元に戻し、押入れに突っ込もうとしたのだが、それより早くJが部屋に入って来た。しかし彼はユミを見ても怒るでもなく、逆に面白そうな顔をした。

「金目のものなんか、何もなかっただろ」

「ほんと、最悪」

「あったら、おまえみたいな奴をひとりで部屋に置いておくもんか」

「でも、いいもの見つけたよ」

　ユミは指先で、写真をひらひらさせた。彼の顔つきがちょっとだけ変わり、近付いて来る。

「返せよ」

「いやよ。あんた、中国からの密航者なんだろ。不法滞在してること、警察にバラしてやろうか。そうしたらどうなると思う？」

「返せ」

　彼がユミの腕を摑む。ユミはからかうように写真を持って逃げまどう。彼がユミの背後から腰に手を回し、ユミの指から抜き取った。ユミと彼は部屋の真ん中に座り込んだ。

「そこに写ってるの、あんたの家族？」

「ああ」

彼は写真に視線を落とす。

「あんた、名前何て言うの？」

「J」

「そんなの聞いてんじゃない。本当の名前」

「そんなこと聞いてどうするんだ」

「いいから、言えよ」

しばらくのためらいの後、彼は言った。

「周《ジョウ》栄文」

「ふうん、栄文。それで、いつ日本に来たの？」

「五年前」

「そっか。その割にはあんた、日本語が上手いんだね」

「こっちに来たのは十二の時だからね。慣れるのも早かった」

「えっ、じゃああんた、まだ十七歳なの」

「まあね」

「二十四歳だなんて、よく言ったもんよ。ねえ、何か飲むものある？　ビールとかさ」

「冷蔵庫に、ミネラルウォーターが入ってる」

「もらうよ」

申し訳程度のキッチンに、いかにも拾って来たという冷蔵庫が置いてある。ユミは中からミネラルウォーターのボトルを取り出した。周りを見てもコップらしきものはない。仕方なく、直接口をつけた。

「私の名前はね、シンシィ・モレイ」

「えっ？」

部屋の方から、栄文の驚きが伝わって来る。ユミはボトルを持って部屋に戻り、栄文に差し出した。

「あんたも飲む？」

「おまえ、日本人じゃないのか？」

「母親がフィリピンなんだ。でも、そう呼ばれていたのは小さい時だけ。ユミ、でいいよ」

「でも、父親は日本人なんだろ」

「みたいよ。でも、私は顔も知らない」

「出稼ぎか」

ユミは上目遣いで栄文を見た。軽蔑と嘲笑《ちょうしょう》のこもったその表情を、どれだけ向けられて来たか。しかし、栄文の目には、そのどちらも見えなかった。

「そうさ、日本で稼ぐために、あんたと同じように密入国したの。散々働いて、少しまとまったお金ができたら、日本の男に騙されて、みんな巻き上げられた」

「よくある話だ」

「本当、笑っちゃうくらいよくある話」

「認知は？」

「そんなもん、あるわけないだろ。結婚してやると言われたらしいけど、私が出来ちゃったらあっさり姿をくらました。母親の金をかすめただけじゃなくて、借金まで残してね」

「そうか、本当に絵に描いたような話だ」

「お水ちょうだい」

栄文がユミにボトルを差し出す。

「つまり、あんたも生まれながらの不法滞在ってことになるわけだ」

ユミは口の周りを拭い、首を横に振った。

「ところが、私はちゃんと日本国籍を持ってる」

「買ったのか？」

栄文が身を乗り出す。

「違うよ。母親がどこから聞いて来たのか、戸籍がない子供でも生まれてから十年、日本に暮らせば国籍が与えられるって知ったんだ。十歳まで暮らせばもう日本以外で生活するのは難しいってことらしい。その上、母親も親権者として在留資格が与えられるんだって」

「つまり、おまえのお母さんはおまえを抱えて、十年も不法滞在を続けたってわけか。よく警察から逃れられたな」

「母親も必死だったからね」

「ずっと、売春を？」

「そうよ、食ってくためにね」

カーテンの隙間から、ひっそりした夜のしじまが見える。ユミはふと、響子のことを考えた。本当に帰って来るだろうか。あたしのために三百万というお金を用意して。そして笑いだしそうになった。そんなわけがない。どこの世界に、そんなお人好しがいるもんか。

下腹がまたしくしくと痛み始めた。大した痛みではないが、お腹がやけに張っている。もし、響子が帰って来なければ、明日からまた身体を売るしかない。

「ねえ、どっか連れてってよ」

「何だよ、それ」

「いいじゃん、どっか行こうよ。私、お酒が飲みたい」

「何で、僕がそんなことしなくちゃいけないんだよ」

「私は大事な客だろ」

「身体の具合、悪いんじゃないのか」

「どうってことない。こういう時は、飲んだ方が調子がいいんだよ」

「僕、今から仕事があるんだ」

「そんなの休めよ。どうせ、明日は三百万ってお金が入るじゃんか。今日はパーッとやろうよ」

その時になって、栄文は疑い深い目を向けた。

「金、確かだろうな」

「心配いらないよ」

ユミはさりげなく目をそらす。栄文は少し考えたようだが、やがて「わかった」と頷いた。

中華街は人でごった返していた。

ローズホテルから大通りを入ってゆく道路の両脇には、大きな中華レストランが並んでいる。ウィンドウに飾られているサンプルはどれもこれも高級料理ばかりだ。

それらの店には目もくれず、栄文は大通りから露地に入り、そのまた奥へと進んでゆく。ユミはその後をついていった。それは道というより、建物と建物の間にある狭い空間でしかない。ふたりで並んで歩くどころか、身体を斜めにしなければ通れない。あまり道を折れるので、自分がどちらの方向に歩いているのかさえわからなくなった。

その迷路のような通路の先に、思いがけず広い場所があった。広いと言っても十畳ぐらいだが、細い道を抜けて来ただけにホッと息がつける。建物の谷底のような場所に食堂が一軒あり、入口近くに置いてある蒸し器から白い蒸気がもうもうと上がっていた。広場には小さなテーブルが五つ並んで、何人かが食事をしている。店の奥にも席があるようだ。

「へえ、こんなところに食堂があるんだ」

「ごく内輪のね」

「そりゃ、一般の客はここまで辿り着けないわ」

栄文の後について店の中に入ってゆく。狭いスペースにひしめくようにテーブルが並び、そこに座る何人かと、栄文は挨拶を交わした。

「みんな中国人？」

「広東《カントン》人さ」

「どこが違うの？」

「みんな、僕の兄弟さ」

「親戚？」

「民族意識としてだよ」

「何それ、わかんない」

「おまえ、頭、悪い？」

「うるっさいな。どんな時でも、ちゃんとお金を稼ぐ方法を知ってる。それ以外、何が必要？」

「出会い系で売春するのが？」

「買おうとしたあんたは、もっと頭が悪い」

栄文は肩をすくめて「好き嫌いは？」と尋ねた。「あまり食欲がない」と答えたのだが、栄文は勝手に厨房の方に声を掛けた。言葉はわからないが、料理を注文しているらしい。

奥ではコンロが火を噴き上げている。汚れた前掛けの調理人が、まるで修行僧のような難しい顔つきで中華鍋を振り上げている。

「あんた、家に仕送りしてんの？」

「何で、そんなこと聞くんだ」

「わかんないんだよね、中国って今すごい景気がいいじゃない。日本中で爆買いしまくってる。なのに、なんでまだ、仕送りなんかしなくちゃいけないの。私の知ってる子も、みんなそう。あっちで、その子の稼ぎをアテにしてる家族が五人も十人もいるんだって。ほら、燕《つばめ》の子供が巣の中でギャーギャー叫びながら餌《えさ》を待ってるみたいに。何でなの？」

「中国人の戸籍は、ふたつあるんだ。都市戸籍と農村戸籍だ。農村から都市へは行けなくて、裕福なのは都市戸籍を持った四割の奴。六割の農民は昔とちっとも変わらず、貧乏なままさ。その上、あの最悪の一人っ子政策のせいで、戸籍すら持っていない『闇っ子』と呼ばれる人間がどれほどいるか。僕ももちろん、仕送りをしてるよ。そのために日本に来たんだから」

「ふうん。まあ、蛇頭をやってれば儲かるよね。私に三百万もふっかけるんだから、相当のもんよね」

栄文はかすかに眉根を寄せた。

「言っておくが、キマイルがやってる仕事と、一緒にしないでくれないか」

栄文の頰にははっきり不愉快さが現われていた。その表情にはどこか子供らしい潔癖さが覗いていて、ユミはついからかってやりたくなった。

「どこが違うんだよ。同じだろ。高い金取って、中国人を日本に密入国させるんだろ。車を盗んで外国に売り飛ばしたり、覚醒剤とか銃とか運んで来たり、たまには、私みたいに逆に密出国の手引きをして、とことん金を巻き上げるんだろう。知ってるんだから」

「違う」

その声と重なって、厨房から声がかかった。栄文は席を立ち、戻って来た時には怪しげなビンとグラスを手にしていた。黙ってグラスを置き、ビンの中のものを注ぐ。泥水のようなものがグラスに溢れた。

「何、これ？」

「飲んでみればわかるさ」

ユミは恐る恐るグラスを口に近付けた。思いがけず鼻孔に柔らかな匂いが広がった。甘く芳醇《ほうじゅん》な香りだった。口に含むと、とろりとした感触とともに、濃厚でしっとりした味わいが広がってゆく。

「紹興酒《しょうこうしゅ》？」

「うまいだろ」

栄文が自慢げな顔をした。

「信じられない、これ、本当に紹興酒なの？」

「日本人がありがたがって飲んでるのなんて、子供騙しの代物《しろもの》さ」

ユミはすぐにグラスを空《から》にして、自分でそれを注いだ。やがてテーブルにいくつかの料理が並べられた。器は質素というより、ほとんど壊れかけたような代物だが、料理はどれもこれも素晴らしい。貝柱のたっぷり入った粽《ちまき》、翡翠《ひすい》のような美しい色をした碧緑小籠包《ヘキリヨクシヤオロンパオ》、パリッとした皮の海老の包み揚げ。

「食わないのか」

「ううん、食べるよ。でも、先に飲んでから」

これだけの料理を前にしていながら、箸が伸びないのはどういう訳だ。

「おまえからすれば、どれも同じに見えるんだろうな」

ふと、栄文が言った。

「何？」

「蛇頭さ」

「そりゃそうよ」

「密入国に何らかの手を貸すブローカーを蛇頭と呼ぶのなら、僕も似たようなものだ。けれど、もともとは幇《パン》と呼ばれる、中国の農村部の伝統的な助け合いから始まったんだ」

「幇？」

「そう、地縁や血縁という強い絆で結ばれた縁者たちの小さな組織だ。誰かが日本に行きたいと言えば、幇が手助けして密航させてやる。もちろん蛇頭の力は必要だが、同郷同族ならその借金も幇が保証する。密航費用はどれくらいかかるか知ってるか？」

「知るわけないだろ」

「二十万元が相場だ」

「それ、高いの？　安いの？」

「中国の農民の平均収入の三十年分さ」

「へえ……」

「それでも日本に行けば稼げるんだ。とにかく幇の基本は絆であり、助け合いだ。金が目的じゃない。けれど最近、蛇頭たちは日本の暴力団と手を組む奴らが多くなった。あいつらは、何が何でも金を優先する。奴らは幇が大切にしていた人間関係を無視して、密航者をかき集める。大型の密航船を仕立てると、それを満杯にしなければ採算がとれないからね。だから金がない人間には、日本に着いてから働いて返すという前借りの契約を結ぶ。時には、中国の警察や公安当局から追われている犯罪者や、日本から強制送還された者までも密航させる。金のためなら、奴らは何でもするんだ」

「ふうん」

「言っておくが僕は蛇頭じゃない。やってることは同じに見えても、幇の意識を守り続けている」

ユミは紹興酒を口にした。

「あんたの言いたいことはわかったよ。でも、あんただって金が欲しくて日本に来たんだろう。そんな綺麗事言ってないで暴力団と手を組めばいいじゃんか。そうしたら、もっと儲かる」

「同郷たちから、金を搾り取る気はない」

強い口調で栄文は言った。

「日本で何人もの中国人が死んで行ったよ。女も男もボロボロになって。暴力団は密航者から容赦なく金を巻き上げる。仕送りさえできなくなってしまうくらいにね。僕の姉さんのように」

ユミは思わず顔を向けた。

「姉さんって、もしかして、あの写真の人？」

「ああ。暴力団とかかわったばかりに、覚醒剤漬けにさせられて、身体を売った金もみんな吸い上げられて、最後は場末のホテルで殺された。もちろん犯人は挙がってない」

ユミは黙り込んだ。そんな話はユミもイヤというほど知っている。ひとつ間違えば、それが自分になってもおかしくない。こうして生きているのは、ささやかな偶然のようなものだ。

食事を終えて、また迷路のような通路を抜け、ふたりは大通りに出た。身体が暖まったせいか、お腹の痛みはあまり感じない。大通りはますます人で溢れている。楽しげに行き交う誰もが緊張感のない顔で、幸福を食べつくしているように見えた。常闇《とこやみ》の世界が、ほんの通りを隔てた向こうにあるのにも気づかないまま、彼らは一生を送るのだろう。

「私、グランディアホテルに行かなくちゃ」

「そこで泊まるのか？」

「おばさんと会うの」

その後に「たぶん」という言葉をつけようとして、ユミは黙った。響子は来るだろうか。来るという保証はどこにもない。けれど、そうなったらそうなった時だ。今までだって、あてがあって生きて来たわけじゃない。先を考えて「こうしよう」と思ってこうなったことはなかったし、「こうしたい」と望んで叶ったこともない。いつだって済《な》し崩《くず》しだ。頭の中をからっぽにして、足を開いていれば、お金は入り、ピンハネ分に目をつぶっていれば、それなりに調子よく適当に暮らしてゆける。そんな自分の生き方を間違っているとか哀しいなんて、考えたこともなかった。むしろ、それがあの世界では賢く生きられるいちばんの方法だったのだ。

「グランディアホテルならこっちだ」

栄文に案内されて裏道を抜けてゆく。大通りと一本筋が違っただけで、急に人通りが少なくなる。通りには食堂よりも食材を扱う商店が並んでいて、ほとんどがすでに店仕舞いされていた。

その時、ユミは足を止めた。向こうから歩いて来る数人の男たちの顔に見覚えがあった。彼らの周りには、彼ら独特の陰湿で暴力的な雰囲気が漂っていた。

「ヤツらだ」

冷たい緊張が走った。このままでは見つかってしまう。どこかの店に飛び込もうか。しかし辺りはすでにシャッターを下ろした店ばかりだ。ユミは思わず、栄文の手を引っ張り、閉じた店の前に連れ込んだ。驚く栄文の首に強引に手を回し、押しつけるようにキスをする。

男たちが横を通り過ぎてゆく。「ちぇっ」と舌打ちが聞こえた。足音が遠ざかるまで、ユミは栄文から離れなかった。

「ああ、ヤバかった。見つかるとこだった」

ようやく唇を離し、彼らの姿がないことを確認して、ユミは栄文を見た。彼はぼんやりとユミを見下ろしている。

「どうしたの？」

「えっ、いや、何でもない」

その慌てた様子に、ユミはピンと来る。

「意外とあんた、ウブなんだ」

「バカ言え。行くぞ」

栄文が歩き始める。その背が少し怒っている。それはユミをどこか温かな気分にさせる。ユミは栄文の後を追う。「やだ、ちょっと待てよ」と、掛ける自分の声に甘やかなものが含まれていることに気づき、少し照れてしまう。海からの風は潮の香りを含んで、ある種の質感を持ちながら、ふたりの足元を擦り抜けてゆく。

ホテルの近くまで来て、栄文は足を止めた。

「じゃあ、僕はこれで帰る。今から仕事に出なくちゃならないんだ。明日の朝、五時だ。遅れないように。僕が仕事をしている相手は時間にうるさいからね」

「ふうん、帰るの」

何だかとり残されるような気になった。

「痛たた……」

ユミはお腹を押えてしゃがみ込んだ。

「どうした、また痛み出したのか」

「ああ、すごく痛い」

栄文が切れ長の目を曇らせる。彼の顔でいちばん素敵なのはこの目だなと思う。

「困ったな、医者に行くか？」

「ううん、しばらく寝ていればすぐに治る。ねえ、私は大事な客だろ、ホテルの部屋まで連れてってよ」

「え……」

「痛い、痛いんだよ」

「わかった、そうしよう」

栄文は小さく息を吐き、諦めたようにユミを両手で支えた。

響子と約束した偽名を使ってチェックインした。ホテルの部屋は海に面していて、窓の向こうには氷川丸のイルミネーションが眩しいくらい輝いていた。

った。

「わぁ、いいじゃん」

ユミは思わず窓に駆け寄り、ガラス戸に額《ひたい》をこすりつけるようにして、景色に眺め入
「お腹は？」

「あれは仮病」

振り向いて答えると、栄文は呆れたように唇を尖《とが》らせた。

「何だよ、それ」

「ねえ、せっかくだから、ちょっと寝る？」

「えっ」

栄文が目を丸くする。

「あんたも、したいから出会い系をやってるんだろ。いいよ、私がしてあげる。私、経験薄の男も結構相手してるから、大船に乗った気持ちでいなよ。本当は、いつも五万円貰ってるんだけど、あんたにはおいしい紹興酒と中華料理いっぱいごちそうしてもらったから、特別サービスで三万円にしといてやるよ」

ユミはベッドの端に腰を下ろし、足を組んだ。男たちが涎を垂らす自慢の足だ。ついでに胸も突き出した。これで勃起しない男はいない。栄文がユミの前に立ち、彼女を見下ろ

した。

「あんたさ、日本人だよな」

「言っただろ、フィリピンとのハーフよ」

「でも、日本の国籍はあるんだろ」

「それがどうしたんだよ」

「じゃあ、何で、身体売ってまで金儲けしなきゃならないんだ。働くとこなんかいっぱいあるだろ」

ユミは栄文から目を逸らした。こういったもっともらしい話をされるのがいちばん腹が立った。それを知っているのか、栄文の言葉には棘が含まれてゆく。

「贅沢したいからか。いい服を着て、いいもん食って、ちゃらちゃら遊びたいからか。自分の身体と引き替えにしても、それってそんなに大切なのか」

「説教するのはやめてよ。あんただって、女を買いたかったんでしょ。えらそうなこと言うなよ」

「わからないだけさ。僕にはわからない、日本の女の子はみんな本当は何が欲しいんだ。少しも貧乏じゃないのに、売春までして金を稼ぐ。いったいそうまでした金を、何に使おうっていうんだ」

「言っておくけど、この国の奴らはみんな貧乏だよ、とことん貧乏人なの。モノがいっぱいあるってことは、何にもないことと同じなの。わかる？　シャネルもグッチもプラダもあるのに、そこら辺りで売ってる安物の財布を持てる？」

「財布は、財布の役割をすればいいだけのものだろう。そういったモノのために、身体を売るってことは、自分がモノと同じ価値しかないって認めてるんだ。いや、それ以下だよ。モノに支配されてる。狂ってるよ、この国の人間はみんな狂ってる」

それから熱くなってしまった自分をいくらか恥じるように、クールな口調に戻った。

「ま、日本の女がどうなろうと、僕はどうでもいいけどさ」

「どうでもいいなら、ぐだぐだ言うなよ。だいたい、そんなに日本が嫌いならとっとと中国に帰ればいいじゃんか。日本に来て、その狂った人間たちが落とす金のおこぼれを懐にしまいこんでるあんたたちに、とやかく言われる筋合いはない」

ユミはヒステリックに叫んで、枕に拳《こぶし》を打ち付けた。大嫌いでも、軽蔑していても、他人からそれを指摘されると意識は堅い鎧《よろい》をまとう。ユミは自分を日本人だと思ってはいない。それなのに今、自分が口にした言葉の中に、日本という弓なりの形をした小さな島が強く存在していて、驚きと失望を感じていた。

その時、電話が鳴り始めた。この部屋に掛けて来るのは響子しかいない。ユミはひとつ息を吐き、呼吸を整えてから受話器に手を伸ばした。「外線が入っております」と、フロントのスタッフが電話をつないだ。

「はい」

「ユミさん、私、響子。連絡が遅くなってごめんなさい」

「今、どこ?」

「鎌倉よ」

ユミは思わず声を上げる。

「鎌倉? 何だってそんなとこにいるんだよ」

「説明は後でする。申し訳ないんだけれど、今夜は帰れそうにないの。でも心配しないで、明日、あなたが船に乗るまでには必ず行くから。三百万もちゃんと用意できたし」

ユミは少し沈黙を置いた。

「来るなよ」

「えっ?」

「ここに来るなって言ってんだよ」

「何を言ってるの?」

「それが言いたいのはこっちだよ。あんた、バカじゃないの。どうしてそれ持って逃げないんだよ。私なんか助けたって、得なんて何にもないのに。いいよ、逃げろよ。来なくていいよ」

「ユミさん、何かあったの？」

戸惑う響子の声が、耳元に流れて来る。それは不思議な温度を伴って、ユミの身体に広がってゆく。

「別に」

「必ず行くわ。じゃあね」

電話が切れ、ユミは受話器を置いた。

「あのおばさん？」

栄文が尋ねる。

「うん」

「そうか」

「バカって、どこにでもいるもんだね。私なんか放っておいて、三百万持って自分が逃げればいいのに」

「あの人、藤森産業の跡取り息子を殺したんだろう」

ユミは栄文を振り返った。

「知ってたの？」

「僕だってニュースくらいは観るよ。それに、こんな商売をしてたら、人の顔ぐらい見抜けるようになる。おばさんの変身ぶりはなかなかだけどね」

ユミは冷蔵庫に近付き、中から缶ビールを取り出した。

「あんた、三千万のこと、知りたいだろう？」

栄文が少し前のめりになる。

「ああ、知りたい。どこにあるのか。そんなにあるのに、何であのおばさんが三百万を調達しなくちゃならないのか、わからない」

「それはね、盗まれたから」

「盗まれた？」

ユミは笑いながら栄文を見た。

「そう、おあいにくさま。あの金はきれいさっぱり盗まれたの。私の手元には一円たりとも残ってないの」

「本当か」

「あはは、その顔」

「誰に盗まれた」

「最低の奴。郷田と藤森の次ぐらいに」

ユミはビールを飲み、唇の周りについた泡を手の甲で拭った。

「そうか」

栄文はしばらく考え込むように口を閉ざした。

「今回のことは、すべてはあのおばさんと共謀してやったのか？」

「ううん、偶然。郷田を殺ってから、次にあのドラ息子を殺りに行ったら、先にあのおばさんが殺ってたの。その時はまさか、一緒に逃げるハメに陥るとは思ってもみなかったけど」

栄文は窓際の一人掛けソファに腰を下ろし、膝の上で手を組んだ。

「もうひとつ聞いてもいいかな。あんたはなぜ、あのふたりの男を殺したかったんだ？」

「質問が多すぎる。あんたに関係ないだろ」

「確かに関係ない。そんなこと知ったってしょうがない。けど、聞きたいんだ」

栄文の背後を彩るように、ガラス窓には氷川丸のイルミネーションが滲んでいる。饒《じょう》舌《ぜつ》も悪くないかもしれないと、その時、ユミは思った。

日本の男が出稼ぎに来ている外国人の女に、認知しない子供をどれだけ生ませてると思ってんだよ。

あたしも典型的なひとり。

母親はフィリピン人で、それはさっき言ったわね、日本に出稼ぎに来たの。十九歳の時よ。日本では地方のあちこちで働かされたらしい。

二年ほどそんな生活が続いて、東京に戻って働いてる時、知り合った男がいてね。麻雀と競馬に明け暮れているようなヤクザもんだったけど、母親はそいつに惚れたのよ。しばらくして、母親はあたしを妊娠した。もちろん、その男の子供よ。そいつは結婚しようって言ったんだって。母親は不法滞在だったから、いつ警察に捕まって強制送還されるかわからないって気持ちがあったんだろうな。日本の男と結婚すれば、日本でずっと暮らせる。国に仕送りだって続けられる。だから男の言葉を信じて、あたしを産んだの。

でも、男は逃げた。母の貯めてたお金をみんな持ってね。それだけならまだよかった。おまけに大きな借金を残して行った。母親はあたしを抱え、また仕事に出るようになった。借金も返さなきゃならない、あたしのミルク代も稼がなきゃならない。それに国への仕送りもね。それでも十年、日本で暮らそうって決心したんだ。さっきも言ったけど、十年たてばあたしに国籍が取れるし、自分も残れるって信じてたから。本当に十年が過ぎて、あたしは日本国籍が認められた。

母親は大喜びだった。でも、あたしはちっとも嬉しくなかった。戸籍がない間、あたしは小学校にも行ってないんだ。簡単な読み書きができる程度で、勉強なんてさっぱりさ。入学したら、案の定、格好の苛《いじ》めの対象にされたよ。

中学に入って、ようやく少し慣れて来たって感じかな。人からすれば、こんなあたしがグレなかったのは不思議に思うかもしれないけど、あたしは結構、幸せだった。住んでたのは汚なくて小さいアパートでね、トイレも台所も共同で、男を連れ込んだ隣りの部屋からアレの声がはっきり聞こえるようなとこだよ。でも、住んでる女の人たちはみんなあたしに優しかった。子供っていうのが、めずらしかったんだと思う。あの人たちにとって、あたしという子供の存在はひとつの夢だったんだ。

世の中には不運って言葉があるけど、母親を見てると本当にそういうのってあるんだなぁって思う。フィリピンの貧しい農村に生まれたのがすべての不運の始まりだったんだろうな。

高校に行けるとは最初から思ってなかったけど、夢はあった。美容師になること。中学を卒業したら、どこかの美容院で働きながら学校に通おうって思ってた。一人前になったら、母親ときっと、この世界を抜け出せるって。それを母親もすごく楽しみにしてくれてた。あの頃、母親の髪をよく結ってあげたな。仕事に出る母親のね。

十三の時に、母親が死んだの。母親の身体はもうボロボロだった。そりゃ、十年以上も身体売ってたら、そうなるよね。でもそれだけじゃなくて、母親はクスリにも手を出していたみたい。金がないから、不純物だらけのクスリ使って、まだ四十歳にもなってないのに、最後は干涸《ひか》びたおばあさんみたいだった。

母親が死んで、あたしは施設に引き取られた。しばらくして、男が迎えに来たわ。身元引受人になるって。母親の昔からの知り合いだって言った。それが郷田さ。

あいつ、すごく人当たりがよくて、施設の人たちもみんなよかったって喜んでくれた。でも、あたしを引き取ったとたん、郷田は本性を現わしたの。

あたしを、藤森佑介の玩具《おもちゃ》にあてがった。藤森佑介っていうのは、郷田の遊び仲間で、人間のクズ。あいつは子供しか相手にできない芯からの変態さ。あたしはあいつにやられた。もちろん処女だった。まだ、セックスってものがどんなものかもよく知らなかったよ。

あいつは、怯えるあたしにあらゆることをした。紐《ひも》を使い、バイブを使い、アナルにも突っ込んだ。十三だよ、十三。痛くて、怖くて、でも泣いたら殴られるんだ。その日から三日間、ろくに歩くこともできないくらいだった。

汚ない布団にくるまるあたしの枕元で、郷田はスゴんだわ。

「母親の残した借金を、おまえが働いて返せ」

借用書も見せられた。二千万あった。十三歳のあたしに何ができる？　ただ訳もわからず、怖くて震えてただけさ。

あたし、死ぬんだと思った。ううん、その時にあたしは死んだんだ。

もうあたしはこの世にいない。そう思った時から、あたしは変わった。もう、何もかもどうでもいいってね。絶望っていうのは、こういうことなんだって初めてわかったわ。

どうでもいいって、すごく楽。あたしは、電柱の陰に吐き出された反吐や、道端に転ってる車に轢き殺された猫と同じなんだ。堕ちるとこまで堕ちれば、怖いとか悲しいなんてことも感じなくなった。ペニスを舐めて、足を開いて、アハアハ言って、お金を貰うの。稼ぎはよかったよ。若いしね。ショバ代と借金分をはねられて、残った分はパーッとつかうの。仕事仲間は、みんなバカだけど、たまにいい子もいたわ。いい子は大抵死んじゃったけど。コロンビアとかアルゼンチンの女だけは、相性が合わなかったな。

貴志と知り合ったのは、どっぷりそんな生活に浸かってた頃よ。いつもショバ代を集めにくる、ま、郷田の使い走りよ。貴志は時々、あたしにはいらないって言った。金の集まりのいい日は見逃してくれたの。こんなあたしだけど、まだどこかで人間らしい感情が残ってたみたい。いつか、貴志と一緒に暮らすようになった。

妊娠した時、貴志は結婚しようって言ってくれた。嬉しかった。信じられなかった。あたし、その時、自分は死んでなかったんだって、初めて気がついたんだ。

でも、貴志は死んだ。郷田と藤森佑介に殺された。お腹の子供も殺された。あたしの人生はゴミ溜めみたいなものだけど、そのゴミ溜めの大本のあいつらが知らん顔してのうのうと生きているのはどうしても我慢できなかった。だから殺った。そういうこと。

最初から最後まで姿勢を崩すことなく、栄文はユミの話を聞いていた。ユミは言葉を吐きつくしてからっぽになった自分に、しばらくぼんやりした。やがて手にした缶ビールに口をつけたが、それはすっかり温くなっていた。

「言いたくないことを言わせたな」

「言いたくないことなんてひとつもないよ。今まで話す人がいなかっただけ」

「もうひとつ、聞いてもいいかな」

「何?」

「あのおばさんは、何故、藤森佑介という男を殺したんだ」

「知らない。聞いてもないしね。おばさんも、私の事情は何も知らない。でも、それでいいんだ。聞いてどうなるもんでもないし。何も知らないっていうのは、すべてを知ってると同じくらい、気持ちが通じ合うような気がしてるんだ」

「通じ合ってるんだ、おばさんと」

ユミは少し頬をふくらます。

「照れてるのか？」

「バカ言わないでよ」

ユミは顔をそむけた。


いつか氷川丸のイルミネーションは消えていて、代わりに闇色が窓を塗り潰していた。

ユミはひどく肌寒さを感じて、両手で自分の身体を抱いた。

「どうかしたのか？」

栄文が尋ねる。

「寒い」

身体が小刻みに震えている。栄文はソファから立ち上がると、ユミの前に立ち、その額に手を当てた。

「熱があるな」

それから手早くベッドカバーを剝《は》ぎ、ユミのために毛布の端を持ち上げた。

「眠れよ」

ユミは服を脱ぎ、それらを床に放り出して、キャミソール姿でベッドに潜り込んだ。シーツのひんやりした感触が、いっそう寒さをつのらせる。栄文がユミの服をハンガーにかける。

「優しいんだね、あんた」

「今頃、気づいたのか」

「最初会った時は、何て奴って思ったけど。ごめん、仕事休ませちゃったね」

「いいさ、言い訳は何とかする」

ユミはベッドの中から栄文を見上げる。

「どうした？」

「あのさ、すごく寒いんだ。あんた、一緒に布団に入って温めてよ」

栄文がひどく戸惑った顔をする。そこには十七歳らしい純情が覗いていた。

「心配しなくていいよ、何もしやしないから」

栄文はどう返事をしていいかわからないようだ。

「寒くて死んじゃうよ。いいから、早く入ってよ」

ユミは手を出し、栄文の手を取ってベッドへといざなう。指先に、彼の緊張が伝わって来る。栄文は服を着たままベッドに入り、その身体にしがみつくようにユミは手を回した。

「うん、あったかい」

ユミは小さく呟いた。

「小さい頃、病気になっても医者にいけないだろ。そんな時、こうしていつもママにしがみついてた。それだけで元気になれた」

栄文の腕にふっと力がこめられる。

「あのさ、もししたくなったら言ってよ。いつでもしてあげるから」

「眠れよ」

栄文が言う。

「ホントだよ、遠慮しなくていいから。タダでいい、してあげる」

そう言いながら、ユミは小さい頃と同じように、安堵というとろりとした眠りの中に落ちていった。

響子

鴻野の部屋はひどく殺風景で、足を踏み入れたとたん、谷底を覗き込んだような気分になった。

別れてからの彼の人生が、この狭い2Kの部屋に透けて見えていた。そこには活力というものが感じられなかった。生きている者が放つ、一種、獣のような雑然とした匂い。それがこの部屋にはない。もしかしたらここに住んでいるのは死体ではないか、と思えるほどだ。

壁にもたれて、響子は息をひそめた。自分の呼吸がやけに大きく聞こえた。鴻野が言った通り、隣りの部屋にも上の部屋にも人の気配は感じられない。きっとどの部屋も同じなのだろう。

鴻野との十五年ぶりの再会に、動揺がないわけではなかった。それは胸の奥にささやかな甘さをもたらした。しかし響子は、その甘さに酔うつもりはなかった。思い出はいつも凶器を隠し持っている。甘さに浸れば、必ず失望という刃をつきつけられる。

不意に、ひどく眠りを欲している自分に気がついた。気がつくと、それは信じられないほど強烈に響子を包み込み、頭の中にぼんやりと白く混濁した液体のようなものが広がってゆく。長い間、響子は自分が眠っていなかったと思えた。藤森佑介を殺したあの日から。いいや、可菜が死んだあの時から。眠りたい、もう目覚めなくてもいいと思えるほどに眠りたい。膝を抱え、そこに顔を埋《うず》めるようにして響子は目を閉じた。

夢を逃げ道にできるなら、どんな生活も半分は確実に幸福に過ごせるのに、神様は容赦ない。

悪夢というより、おぞましい病原菌におかされたような夢に、じわじわと精神を痛め続けられた。目覚めた時の、あの首の後ろに何かとり憑《つ》いたとしか思えない不快な重み。内容を思い出せないことだけが、せめてもの救いだったかもしれない。

どれくらい眠ったのかわからない。肩に温かな感触を覚えて、響子は目を開けた。

「大丈夫か」

目の前の男が、鴻野だと理解するまでしばらく時間がかかった。

「ああ、帰ってたの。気がつかなかった」

鴻野が部屋の明かりをつける。じん、と目の奥が痛くなる。鴻野がキッチンに立ち、スーパーの袋を開ける。その後ろ姿を響子はぼんやりと眺める。

「部屋に明かりが見えなかったから、もしかしたらいないのではないかと思った」

「すっかり眠ってしまって」

「ああ、よく眠ってた。起こさないつもりだったんだけど――夕食を作るよ。あれから何も食べてないんだろう」

「あなたが？」

驚いて尋ねる。

「自炊も大分慣れたよ。もう三年以上、ここでひとり暮らしだからね」

「お宅には帰らないの？」

「最初の頃は週末ごとに帰ってた。それが二週間に一回になり、ひと月に一回になり、最近は必要な時だけ帰る」

「そう」

鴻野が俎板《まないた》と包丁を取り出した。

「大したものが作れるわけじゃないが」

あの頃、鴻野のために食事を作ることが響子の幸福のひとつだった。彼の下着を洗い、彼の背中を流し、そうやって鴻野の世話をやくことをままごとのように楽しんだ。しかし、それは決して無垢な気持ちではなかったと、今の響子にはわかる。かいがいしい愛人であることで、妻の存在を脅かし、鴻野を取り込もうという計算があった。彼に見せるすべての優しさは、彼を愛しているという思いばかりではなく、彼の愛が欲しかったからだ。

その時、ドアのチャイムが鳴った。鴻野は緊張した面持ちで響子を振り返り、姿を隠すよう目で合図した。響子は立って隣りの四畳半の部屋に入った。襖を閉め明かりを消しそれからほんの少しあける。

「どちらさまですか？」

鴻野がドア越しに尋ねる。

「恐れ入ります。警察の者ですが、少しお話を伺えませんか？」

「ちょっと待ってください」

鴻野は屈んで、響子の靴を手にした。下駄箱を開けてそこに押し込み、片手で鍵をはずす。

「すみませんねぇ、こんなお時間に」

男がふたり顔を覗かせた。襖の隙間から覗いてハッとした。昨日、『J』に聞き込みに来た刑事だった。もうここまで手は伸びているのだ。

「何か？」

「今日、会社の方に伺ったんですけど、外出されていらっしゃいましたね」

「ええ、まあ」

「どちらへ？」

「どうしてですか？」

「いえね、事務の方から、昼前に女性の声で電話があって、それから急にお出かけなさったとかお伺いしましたので、ちょっと気になりまして」

「どうでもいいでしょう、そんなことは」

「まあ、そうおっしゃらずに、教えてくださいよ」

「保険ですよ。しつこい保険のおばさんに勧誘されていて、仕方なく出向いたんです。事務の女の子もそう言ってませんでしたか？」

「ああ、そうそう、そうでしたね。いや、年を取ると物忘れがひどくなって。で、保険といいますと、どんな種類の？」

「生命保険ですよ」

「そうですか。どちらの生命保険ですか？」

「断わったんで、忘れました」

初老の刑事はあくまで穏やかな口調で、表情も口元に温厚そうな笑みを浮かべている。それでも時折り、鴻野の答えを待つ瞬間、目元にひやりとする冷静さが走る。

「それで、いったいご用件は何なんですか」

「ああ、それなんですけどね、お伺いしたのは並木響子についてなんですよ。もちろん、ご存じですよね」

「ええ、知ってます。かつての部下ですから」

鴻野はさらりと答える。

「では、彼女が何をしでかしたかということも」

「ニュースで知りました」

「彼女から、連絡は？」

今、彼はどんな顔をしているのだろう。響子は身体を堅くした。

「どうして私のところに？　私のところに連絡なんか来るわけないでしょう」

鴻野の声は落ち着いていた。

「そうですかね」

老刑事が声にかすかな険を含ませる。

「かつて、ふたりは特別な関係にあったと聞いているんですがね」

「やめてください。もう、十五年も前の話だ」

「並木響子の自殺した娘さん、名前は可菜というのだけれど、あの子は、あなたのお子さんじゃないいんですか」

それに対しては、鴻野は即座に答えた。

「馬鹿馬鹿しい、そんなわけないじゃないですか」

「けれど、彼女が会社を辞めてから八カ月後に出産している。可能性はないとは言えないでしょう」

響子の手のひらが汗で湿る。鴻野はどう答えるつもりだろう。

「そんなこと、私にはわかりません。少なくとも、あの時、彼女は私に何も言いませんでした。私の子なら認知とかお金とか要求するはずでしょう。でも、そんなものは一切なかった。たとえば、あくまでたとえばの話ですが、刑事さんのおっしゃる通り私の子供であったとしても、今さらどうしろっていうんですか。私には家庭がある」

「だから、知ったことじゃないと？」

「まあ、早い話、そうです。非常に迷惑です」

「あんたね」

と、身を乗り出して来たのは若い刑事の方だ。それを老刑事が手で制する。

「先程、スーパーでいろいろ買い物なさってたようですが」

「私を尾行してたんですか？」

鴻野の声が堅くなる。

「尾行だなんて人聞きの悪い。たまたまお見掛けしたんですよ」

老刑事は平然と言う。

「買い物ぐらいしますよ。単身赴任ですから自炊生活だ。それが何か？」

「一人分の買い物にしては、ちょっと量が多くないかと思いましてね」

「勝手でしょう、何をどう買おうと」

「ええ、もちろんです。でも、気になるんですよ、そういう細かい事柄がいろいろと。刑事の習性みたいなもんです」

「毎日買い物に行くわけではありませんから、行ける時に、まとめて買うんです。たまたま今日がその日だっただけです」

「なるほど。それで、並木響子からは？」

「何も連絡はないと言ってるでしょう」

「そうですか、わかりました」

それから老刑事はポケットから名刺を取り出した。

「どうもいろいろ細かいことをお聞きしまして申し訳ありません。不愉快な思いをされたかもしれませんが、これが私どもの仕事なのでね。それでですね、しつこいようですが、もし並木響子から連絡がありましたら、署か私の携帯に必ず電話を寄越してください。いいですか、間違っても変な気など起こさないように」

「変な気？」

「そうです。せっかくここまで順調に生きて来られたのに、もしかしたら残りの人生を棒にふることになるやもしれません。何しろ、彼女は凶悪な殺人犯だ」

諭すように老刑事は言った。その言葉は短いだけに、さまざまな決心を翻すに十分な説得力を持っていた。

刑事たちがいなくなっても、響子は部屋から出られなかった。関節が錆《さ》び付いたように身体が動かない。ここまで捜査の手が伸びたという現実もそうだが、鴻野と顔を合わせるのにも躊躇があった。たぶん、鴻野は迷っている。これでいいのか、と、自分の人生と天秤にかけている。

「もう、大丈夫だ」

鴻野が姿を現わした。

「ええ」

響子はためらいがちに頷く。

「すぐ、飯にするから」

鴻野がキッチンへと戻ってゆく。その背に響子は声をかけた。

「行くから」

鴻野が振り向く。

「お金をもらったら、すぐに行くから」

「今は危険だ。今の刑事たちが張り込んでいるかもしれない」

「あなたの人生を棒にふらせるつもりはないの」

鴻野はそれには答えず、姿勢を戻して食事の用意を続けた。

「お金を用意してもらっただけで十分。それだって、本当は返すアテもないの」

「わかってる」

「だったら尚更、これ以上迷惑はかけられない」

「とっくの前から、棒にふってるよ」

「え？」

「僕の人生など、とっくの前から棒にふったも同然さ」

言葉の中に、かつての鴻野からは想像もつかない投げ遣りなニュアンスが感じられた。年をとった、というだけでは済まされない老いが、その背に張りついていた。十五年。その年月をどう過ごしてきたか、何を喜び、何を慈しみ、何に傷ついてきたか、お互いにその人生を知るよしもない。

「でも、行かなくちゃ。約束をしているのよ」

「どこに行くつもりだ？」

「それは言えない。そこで私とこのお金を待ってる人がいるの」

「男か？　いや、下らないことを聞いてしまった」

鴻野が自嘲気味にかすかに笑う。胸の裏側に疼《うず》きのような痛みが生まれる。

「私を助けてくれた恩人よ。まだ十七歳の女の子」

「そうか。しかし、どうしても今すぐに行かなければならないのか？　もし無理をして捕まったりしたら元も子もなくなってしまうだろう。もう少し待てないか？　様子を見てからにしよう」

「そうね」

船が出るのは明日の朝五時だ。そう考えれば、まだ時間はある。確かに焦って外に出て、鴻野の言う通り、捕まってしまえば終わりだ。

「携帯を借りていい？」

「ああ、好きに使ってくれ」

響子はホテルに電話を入れ、ユミから教わった通り木村紀子という名でフロントを通じて部屋を呼び出した。

「はい」

ユミの声だ。

「ユミさん、私、響子。連絡が遅くなってごめんなさい」

「今、どこ？」

「鎌倉よ」

携帯の向こうで、ユミが声を上げる。

「鎌倉？　何だってそんなとこにいるんだよ」

「説明は後でする」

それから三百万が用意できたこと、今夜はそちらに行けないことを手短に話した。

ユミはしばらく沈黙し、静かに言った。

「来るなよ」

「えっ？」

「ここに来るなって言ってんだよ」

「何を言ってるの？」

「それが言いたいのはこっちだよ。あんた、バカじゃないの。どうしてそれ持って逃げないんだよ。私なんか助けたって、得なんて何にもないのに。いいよ、逃げろよ。来なくていいよ」

ユミの言葉は荒く、まるで吐き捨てるようにぶつけて来た。それでも響子には、言葉の隙間からこぼれ落ちる優しさが垣間見えた。

「ユミさん、何かあったの？」

「別に」

「必ず行くわ」

じゃあね、と言って、響子は電話を切った。

「飯ができたよ。そっちに持ってゆくから」

キッチンから声がかかり、響子はテーブルの前に座った。鴻野が作ったのは親子丼だ。

それにあさりの味噌汁。白菜の漬物。

「信じられない」

「そうかな」

「だって、あなた、ご飯の炊き方さえ知らなかったでしょう」

「外食にはとことん飽きてね。さあ、食ってくれ。味はあまり保証できないが」

「いただきます」

響子は丼を手にして口に運んだ。玉子と醬油《しょうゆ》の香りがふわりと口の中に広がる。

「おいしい」

「本当に?」

「ええ」

鴻野が嬉しそうに笑う。響子もついつられて笑ったが、すぐに胸が塞いだ。料理が上手くなったのを素直に喜べない。そうなったいきさつに思いを馳せれば、気楽に笑みなど浮かべられるはずがない。

「どうした？」

「わからない」

響子は箸を置く。

「何が？」

「なぜ、こんな暮らしをしているの？　あなたは自分の大切なものを守って来たんじゃないの？　そのために私を捨てたんじゃなかったの？　ずっと、あなたはあの後も平然と生活しているんだとばかり思ってた。仕事は順調で、家庭ではよき夫よき父で、マニュアル通りの人生を生きているんだって」

「確かに」

それだけ言って、鴻野はしばらく言葉を途切らせた。

「確かにそうするつもりだった。考えた挙句の結論だが、結果からすればすべては言い訳になってしまうだろう。結局、僕は君と別れ、家庭に戻り、今までと同じように仕事を続けた」

「ええ、そうね」

「そして十五年がたってこの有様だ。これを見ればだいたいの経緯はわかるだろう。あれだけ必死に働いた会社には切られ、こうして小さな代理店に追いやられた。君と別れてまで守った家庭には、週末にさえ帰らない。いい気味だと笑ってもらっても構わないよ。誰より、僕自身が笑いたいくらいだ」

「いったい何があったの？」

「どう言えばいいのかな。あの時から、少しずつ歯車が狂い始めたんだろうな。気がつかないまま、いや、気がついていてももう止められなかった。すべてが方向を歪めていった。理由をさがせば何とでも言えるだろう。あのリーマンショックの後、僕と同じような状況に陥ったサラリーマンなどヤマのようにいる。歯車なんて誰のだって狂うものだ。ただ自分がそうなるとは、なってみるまで考えてもいないものだがね。こう思ったこともあるよ、これは罰かもしれないってね」

「罰？　私を裏切った？」

「自分を裏切った罰だ」

「………」

「どうしてあの時、君と一緒にならなかったのか。その悔いは、時間がたてば忘れられると思っていたが、逆だったよ。もっと大きくのしかかった」

響子は膝に視線を落とす。しかし、言葉で氷解するような十五年ではないと、頑なに心を強ばらす。

「今さらそんなこと。チャンスはいくらでもあったはずよ。でも、あなたはその生活を続けたじゃない」

「あの時、妻が自殺を図ったんだ」

「え……」

響子は一瞬、絶句した。

「僕には、どうしようもなかった」

「それをなぜ、あの時、言ってくれなかったの」

「それも結局は言い訳になる」

響子は思わず声を荒げた。

「何て身勝手なの。その言い訳があれば、私はまだ救われていたかもしれないのに」

「すまない」

「今さら、何を聞いても仕方ない。そんなこと、もうどうでもいいの」

ふたりは黙って、親子丼を食べた。

食事の後、食器も鴻野が洗った。背を屈め、食器を洗う鴻野の後ろ姿はひどくみじめたらしく、見ないでおこうと思うのだが、いったん目がいくと、どうしても逸らせなかった。

あの時、愛しさはいとも簡単に憎しみにすり替わった。憎しみを持ち続けることが、毎日の食事や睡眠と同じくらい響子を支える力となった。もし可菜が生まれていなかったら、とても生きてはゆけなかったろう。鴻野を憎みながらも、鴻野の血をひく可菜を抱き締めることで響子は徐々に癒されていった。あの子だけが支えだった。貧しくともひっそりとした可菜との生活は幸福だったと、今も、確かに言える。

鴻野がいれたコーヒーを黙って飲んだ。決して、食べ物にうるさい方ではなかったが、コーヒーだけにはこだわっていた。そうだ、確か彼の妻はコーヒーを飲まなかった。ハーブティーを出されるたび、風呂の水を飲まされているような気分になると、あの頃言っていた。響子のいれるコーヒーがいちばんうまい。そんなささいな記憶がはっきりとした輪郭を持って思い出される。きっちりと閉めていた蛇口を少し開ければ、懐かしさが痛みとないまぜになって雫《しずく》のように後から後から膨れあがる。

「復讐なんだね」

そんな思いにとらわれていて、鴻野の質問がすぐに理解できなかった。響子はカップを両手で包み込んだまま、顔を上げた。

「三年前の事件はもちろん僕も知っている。週刊誌やスポーツ紙が、こぞって書き立てたからね。事実よりも、スキャンダルとしての情報ばかりが流された。本当にひどいものだった。君は告訴をしたが、結局、敗《ま》けたね。君の復讐を誓う気持ちはよくわかる」

「わかるですって？」

響子はテーブルにカップを置いた。手が震えて、コーヒーがこぼれ、指先を濡らした。

「今、私の気持ちがわかるって言ったの？」

今度は鴻野が黙り込む。

「わかるはずがない。あなたに何がどうわかると言うの。三年前、あの身体が引き裂かれるくらいの絶望の何がわかるの。あの日から、私がどんな思いで生きて来たか、世の中の誰ひとり、いいえ、神様にだってわかりはしないわ。それなのに、あなた、わかるですって。自分が何を言ってるかわかってるの？　あなたは今、世の中の誰よりも薄っぺらなセリフを口にしたのよ」

怒りと苛立ちが、響子の皮膚を粟立《あわだ》たせた。すべてを胸にしまいこんで来た。口にすれば、それらが凶器となって自分に返って来ると、いやというほど思い知らされていた。違うと叫べば、娘の実態を知らない無知な母親と非難され、法にすがれば、娘の恥を世間に晒す浅はかな母親と嘲笑された。怒りも訴えも、祈りさえもすべては面白可笑しく曲解され、誰にもどこにも届きはしなかった。響子がそこから得たのはただひとつ、自分を閉ざすことだった。

「話してくれないか」

鴻野の声が緊張している。それは張り詰めた湖面に響くように、細かく震えていた。

「すべてを聞きたい」

「何のために？」

「ただ、聞きたいだけだ。それではいけないか」

テーブル越しに鴻野と目が合う。それは傷を負った動物が、自分の死に場所を探しあぐねているような哀しさを湛えていた。

響子はゆっくりと彼から視線を逸らした。


三年前の夏。

夏休みが始まろうとしていた。台風が近付いていて、湿った熱風が団地を囲む街路樹を狂ったように揺らしていた。

敷地の西側にある3号棟は十四階建てで、この団地の中でいちばん背が高い。可菜はその最上階から飛び降りた。午後一時。容赦なく太陽がアスファルトを溶かす時刻に、可菜は自らの身体を焼けた地面に叩きつけたのだ。まだ十二歳、小学校六年生だった。

報《しら》せを聞いたのは、職場だった。その頃、響子は団地から三つ目の駅の、食料品の卸しをしている小さな会社で事務員をしていた。条件はよいとは言えなかったが、社長を始め社員たちはみな人が善く、母子家庭の事情も理解してくれていて、楽しいという感覚を持って働ける会社だった。

警察からひどく曖昧な、それでいて不安をかきたてられるに十分な電話を受け取ったのは、三時を少し過ぎた頃だった。ちょうど午後のお茶を社長に出したすぐ後だ。

「娘の可菜さんが事故に遭われました」

思い浮かんだのは交通事故だ。響子は椅子から半分腰を浮かし、言葉をもつれさせながら聞き返した。

「それで、可菜は」

「とにかく病院の方にいらしてください。詳しいことはその時に」

「わかりました」

手短に社長に事情を話し、すぐさま病院へと駆け付けた。怪我の具合はどの程度なのか。意識はあるのか。タクシーの中も、不安で身体の震えが止まらなかった。それでも、可菜が死んだなどとは考えてもみなかった。病院の受付で尋ね、病室に辿り着いた時、可菜はすでに白い布をかぶされていた。医者と警察官が振り返り「お気の毒です」と頭を下げた。

叫びが、身体の奥から湧き上がった。

悲しみというより嘆きというより、虚ろな意識のまま、響子はそれからの時を過ごすことになる。可菜の遺体は解剖され、その日の夜遅くに帰って来た。顔に小さな傷はあったが、それを除けば、とても死んでいるとは思えなかった。自殺、と聞いた時、すぐには意味が呑み込めなかった。

「遺書もあります」

警官が差し出した封筒の右下に、可菜の好きだったキティの絵が描かれていた。

『お母さん、さようなら。ごめんなさい』

見慣れた可菜の字だ。それは間違いない。

しかし、なぜ？　なぜ自殺なんか。

通夜と葬式は、親しくしていた近所の人や、会社の社長と奥さんが仕切ってくれた。響子は一歩も可菜から離れず、ひたすら自分に問い続けた。

初七日までの時間を、自分がいったいどう過ごしたのか、ほとんど記憶はない。激しい慟哭《どうこく》は、響子からすべての感覚を奪い取った。涙さえ出なかった。惚けたように、死体となった可菜のそばに座り、骨となった可菜を抱いた。

誰もが、気が狂ってしまったのではないかと案じただろう。狂ってしまえたら、どんなに楽だったか。時間が、残酷にも、少しずつ響子に冷静さを取り戻させていた。そして、本当に絶望しなければならないのは、それからだった。

学校でイジメにあっていたのではないか、そんな話を耳に入れる弔問客もあった。少女らしい死への憧れが行為に走らせた、という者もいた。響子は可菜の机や本棚、持たせていた子供向け携帯電話を調べ、何かわかるものはないかと探したが、自殺につながるようなものは何ひとつ見つけられなかった。仲のよかった友達や、担任にも会ったが同じだった。決して隠しているのではない。彼女たちもわからないのだ。友達も多く、明るく、成績も悪くなかった。動物が好きで、飼育係を担当し、ひと月ほど前に生まれた兎《うさぎ》の子供をとても可愛がっていた。その可菜がなぜ？　それは響子だけでなく、誰しもの疑問だった。

「そう言えば、少し前から、何となく元気がなかったような気がする」

友達のひとりが口にした言葉だけが、気になったが「気のせいかもしれない」と言われれば、それ以上どう解釈していいかもわからなかった。いったい可菜の身に何が起こったのか。あの短い遺書だけでは、到底計り知れない。響子は苛立ち、そして絶望を繰り返した。娘の自殺の原因さえわからない。そんな母親でしかなかった自分を、責めること以外、何ができたろう。

二週間ばかりが過ぎ、人の出入りがなくなった頃、可菜の携帯にメールが届いた。響子は急いで手にした。

〈可菜ちゃん、ひさしぶり。夏休みに入って家族でハワイ旅行に行ってて、返事が遅くなってごめんね。可菜ちゃんのメールに書いてあったこと、あれから私なりに考えました。やっぱりお母さんに話した方がいいと思う。とってもイヤなのはわかるけど、そうするしかないと思うの。だって、私たちってやっぱりまだ子供だもの。ね、そうしたら〉

携帯を持つ響子の指が震えだした。可菜の携帯には、それを思わせるメールは残っていなかった。消してしまったのだろうか。響子はすぐに、相手の笹野未知子《ささのみちこ》に電話を掛けた。

未知子は、すでに学校から帰っており、今から塾に出掛けるところだった。落ち着こうとするのだが、興奮が言葉を荒くする。

「可菜ちゃん」

未知子は可菜からの電話だと思ったようだ。

「笹野未知子さんね」

「えっ、はい、そうですけど」

受話器の向こうで戸惑っている様子が窺える。

「可菜とはどういうお知り合いなの？」

「えっ、あの、五年生の時、一緒のクラスで、すごく仲がよかったんだけど、私、転校しちゃって。それで時々メールしたりして」

「それで、可菜のメールには何て」

「え？」

「何て書いてあったの」

口調が激しくなり、未知子は叱られているのかと怯えたらしく、電話の向こうで泣きだした。すぐに母親が出て来た。

「いったい何ですか」

怒気を含んだ母親の声に、響子はようやく落ち着きを取り戻した。

「申し訳ありません。私、お嬢さんの友達の並木可菜の母親です。実は娘は……、娘は死にました」

「えっ」

息を呑む様子が窺える。

「自殺です。お恥ずかしい話ですが、私にはその原因がさっぱりわからないのです。今日、お嬢さんから届いたメールを見て、やっと何かがわかりそうな気がして、矢もたてもたまらずお電話してしまいました」

「どういうことでしょう」

「可菜は私にも話せなかった大きな秘密を、おたくのお嬢さんに打ち明けていたようなのです」

「つまり、未知子が受け取ったメールに、原因になるような何かが書いてあるとおっしゃるんですね」

「はい」

「お待ちください、すぐにそのメールを見ますから」

相手側も慌ててしまったのだろう。母娘の会話が受話器を通して聞こえて来る。

「早く、メールを見せなさい」

「でも、可菜ちゃんと約束したの。秘密にするって」

「いいから、早く。ああ、すみません。いったん切らせていただいていいですか。メールを確認したら、すぐに連絡しますから」

三分ほどして、携帯が鳴った。

「はい」

硬い声があった。

「いただいたメール、すぐそちらに送ります」

送り返されて来たメールは三通に分けられていた。響子は食い入るように読んだ。そこには信じられないようなおぞましい出来事が書き記されていた。

〈未知子ちゃん。どうしよう、どうしたらいいんだろう。こんなこと誰にも言えないから、未知子ちゃんにだけ相談するね。お母さんにも言ってないの。だから絶対に秘密にするって約束してね。私、おにいさんに変なことをいっぱいされたの。おにいさんって言うのは、団地のはずれの造成中の空地で、時々会った人で、工事をぼんやり見てたら『どこの学校?』って声を掛けて来たの。その時は返事もしないで走って帰ったの。お母さんや先生から知らない人と口をきいちゃいけないって、いつも言われてるから。でも、あそこは学校の帰り道で、あのおにいさんとは、それからも時々顔を合わせたの。男なのに、小指に金の指輪なんかして、キザな奴って思ってた。でも、それからしばらくしてまた工事をぼんやり見ていたら『クレーン車に乗せてあげようか』って、言われたの。私、つい嬉しくて『ほんと』って返事をしちゃって。その時は、ブルドーザーとかにも乗せてくれてすごく楽しかった。それから、時々話すようになって、この間また、おにいさんと会ったの。近くに郵便局はないかって聞かれて、大通りならあるよって言ったら、案内して欲しいって。私、ちょっと迷ったけど、もうおにいさんは知らない人じゃないし、この間はクレーン車やブルドーザーに乗せてくれたし、郵便局に案内するなんて大したことじゃないと思って、一緒に車に乗ったの。途中で、おにいさんは缶コーヒーをくれて、でも、それを飲んだら何だかすごく眠くなって、気がついたらどこかの部屋にいた。大きなベッドと鏡がある部屋。私、裸にされてた。びっくりして、すごく暴れたんだけど、手と足が縛ってあって、どうしても逃げ出せなくて。おにいさんは『静かにしろ』って、さっきまでのおにいさんと全然違う顔をして怒鳴るから、すごく怖くて。私、痛くて、恥ずかしいこと、いっぱいされた。すごくすごくイヤだったけど、怖かったから、私は泣きながら、ただじっと目をつぶって、早く家に帰してくれることだけお願いしたの。

次の日は、学校を休んで、その次の日も休んだの。またあのおにいさんと会ったらどうしようって思って怖かった。仮病だったけど、お母さんは忙しくて気がつかなかったみたい。

三日目に学校に行ったんだけど、もうあの造成地は絶対に通らないでおこうって思って、わざわざ遠回りしたのに、団地の入口の所にあのおにいさんが立ってた。ドライブしようって。もちろんイヤだって言ったよ。そしたらおにいさん、あの時と同じように急に怖い顔になって『写真、友達みんなに見せてもいいんだよ』って。写真っていうのは、おにいさんに変なことをされた時の写真。そんなことをされたら、私、生きてられない。だから、言う通りにするしかなかったの。

未知子ちゃん。私、どうしたらいいの？　昨日もおにいさんは待ってた。また同じこと

をされた。こんなこと誰にも相談できないの。ねえ、本当にどうしたらいいの〉

響子はがくがくと震えた。

あの小さな身体で、どれほどの苦しみを背負い込んでいたか。それを少しも察してやれなかった自分は、いったい可菜の何を見ていたのだろう。誰よりも一緒に過ごす時間が長かったはずなのに、可菜の変化を感じ取ってやれなかった。その後悔がぎりぎりと楔《くさび》のように胸に食い込んだ。

「ごめん、可菜、ごめん」

響子は携帯を手にして、激しく泣いた。

自分を責めるのは簡単だった。可菜のそばに行こうという決心もすぐついた。けれど、このままではあまりにも可菜がかわいそうだ。可菜をここまで追い詰めた男、可菜をいたぶり、傷つけた男。まだ十二歳の可菜を。生理もはじまっていない可菜を。決して許しはしない。この憎しみは必ず晴らす。どんなことがあっても、その男を見つけだし、罪を償わせてやる。

その日から、響子はすべてをそれにかけるようになった。

団地近くで造成中の場所はひとつしかない。小指に金の指輪をしているおにいさん。手掛かりになるのはそれだけで、名前も年齢もわからない。しかし、何もないよりかはマシだ。可菜にとって「おにいさん」と呼べる範囲の男となれば、ある程度限られて来るだろう。どれだけの男が造成地で働いているかはわからないが、とにかくそこに行ってみることから始めた。

現場はざっと見ただけでも、数十人の姿があった。若い男の姿も多い。髪を金髪に染めたり、派手な色合いの作業服を着ていたりする。立て看板には藤森産業の名が大きく記されていた。響子はしばらく彼らの様子を眺めていた。可菜はこの中のどの男に声をかけられ、あんな恐ろしい目に遭わされたのか。まだ十二歳という幼さで死を選ぶほどに追い詰めたのは、いったい誰なのか。

「ほらほら、危ないよ。どいて、どいて」

紺色のガードマンの制服を着た六十がらみの男が声をかけてきた。

「あの」

「何ですか？」

「ここにいる人で、年齢は十代から二十代、小指に金の指輪をしている人を知りませんか？」

「はぁ？」

男が首だけひょいと前に出し、怪訝な顔をした。

「人探しかい？」

「ええ」

「名前はわからんのか」

「わかりません」

しばらく男は考え込み、やがて首を横に振った。

「知らないねぇ」

「どうしてもその人のことを探したいんです。どうすればいいでしょう」

「とりあえず、事務所に行ってみたらどうだね。でも、現場は人の出入りも激しいし、それだけじゃ見つけられるとは思わんがね」

男には東北の訛《なま》りがあった。響子は頭を下げ、事務所に出向いた。しかし、事務所でも同じ答えが返って来た。

「日雇いで来るのも多いからね。それだけで誰だかなんて、とても無理無理」

「お願いします。どうしても探さなくちゃならないんです。お願いです。何とかなりませんか」

「何とかって言われたって、無理なものは無理だって。何なの、その男にどんな用事があるの」

「それは、ちょっと……」

「頼むよ、こっちは忙しいんだ。そんな面倒なこと頼まないでよ」

事務の男はうんざりしたように、引出しから図面を取り出し、この話を打ち切りたいとばかり、響子を押しやって机に広げた。

「じゃあ、私が現場を探してもいいですか？」

男が目を丸くする。

「馬鹿を言っちゃ困るよ。関係者以外は立入禁止だ。何か事故でもあったらこっちの責任問題になる」

「それじゃあ」

「だからさっきから言ってるだろう、無理だって。さあ、帰った帰った」

押しやられるように、響子は事務所から追い出された。

大勢の男たちが、それぞれの持ち場で動き回っている。その人の隙間を埋めるようにモーター音、エンジン音、怒声が飛びかう。響子は事務所の前に立ったまま、シャベルカーが掘り返している黒い土を見つめていた。それは、まるで人の腹を裂いて中から内臓をえぐりだしているようだった。

「必ず見つける、必ず」

汗が背中を落ちてゆく。響子は何度も呟いた。

ひとりひとりに当たるしか方法がなかった。朝早くに現場に出掛け、入ろうとする男を片っ端から摑まえた。帰りぎわにも立って尋ねた。お昼時は、近くのコンビニや食堂は、彼らでいっぱいになる。可菜が「おにいさん」と呼びそうな男には、必ず声をかけた。小指に指輪がないのを確認しても、こう尋ねる。

「あなた、小指に金の指輪してなかった?」

大抵の男たちは、響子を訝《いぶか》しげに眺める。

「何だよ、それ」

「してたの?」

「してねえよ」

「じゃあ、してる人知らない? あなたと同じ現場で働いている人で。あなたぐらいの年の人」

知らない、という素っ気ない答えの繰り返しだった。しかし響子は執拗に尋ね回った。朝も昼も夜も現場近くをうろつき回る響子は、「頭のおかしいおばさんがいる」と、少しずつ噂になっているようだった。十日が過ぎた時、初めてひとりがこう答えた。

「それ、若様かな」

お昼時、近くの公園で弁当を広げている作業員だった。響子はハッと顔を上げた。

「若様？」

「そう、藤森産業の跡取り息子。確か、いつも小指に指輪をしてたような気がする」

「年は？」

「二十三、四歳ってとこじゃないかな。大学を出て、しばらく武者修行みたいな形でうちの現場に来てたんだ」

「藤森、何て言うの？」

「藤森佑介だよ。まあ、所詮おぼっちゃんだから、仕事っていったって、お昼ごろに高級車で颯爽《さっそう》と現われて、夕方まで事務所でぶらぶらしてるだけだけどね」

「今、どこにいるの？」

「そう言えば、最近現場に来ないなぁ。本社の方にいるんじゃないの。エラい人のことはわかんないね」

「ありがとうございました」

響子は頭を下げて、家に戻った。これからどうすればいいのか、よくわからなかった。年齢、指輪から考えても、藤森佑介という男はひどく疑わしい。警察に届けるべきか。しかし断定はできない。もし違っていたら。確実に、彼がそうだと確信できてから、警察に出向けばいい。顔はネットで検索して確認した。響子は、藤森佑介に直接会う決心をした。

大手町《おおてまち》にある藤森産業の社屋は、秋の透明な日差しに照りつけられ、ひどく健康そうに輝いていた。響子は受付の前に立ち、藤森佑介に面会を求めた。

「資材部長でございますね。失礼ですが、お約束でしょうか」

愛想のいい笑みを浮かべながら、受付嬢が尋ねる。

「いいえ」

「申し訳ございません。約束のない場合、お断わりするようになっております」

「どうしても会いたいんです」

「申し訳ございません」

「じゃあ、約束をとらせてください。いつなら会えますか？」

「承知しました。ただ今、秘書の者と連絡をとりますので少々お待ちください。失礼ですが、どちらさまでしょうか」

「並木と言います。並木響子」

「会社名は？」

「ありません。そう伝えてください」

「はい、かしこまりました」

受付嬢が内線をかける。ぎこちないやりとりをしている。受付嬢は、響子をどう説明していいのかわからないのだろう。

「ですから、並木響子様とだけしか。はい、はい、わかりました。では、代わります」

受付嬢が受話器を差し出した。

「秘書の端野という者が出ております」

響子は受話器を受け取った。

「もしもし」

耳元に機械ではないかと思うような、硬質な声が響いた。

「どういったご用件でしょうか」

「直接会ってお話ししたいのです。いつだったら、会えますか？」

「当分の間スケジュールが詰まっておりまして、お目にかかることはできません」

その慇懃《いんぎん》な物言いに、カッと頭に血が昇る。

「とにかく、会いたいんです。会って、娘のことを聞きたいんです」

「娘？　娘さんとおっしゃいますと？」

「死んだ娘です」

「え……」

「おたくの会社が造成中の現場のすぐ近く、緑が丘団地で飛び下りたんです」

短い沈黙があり、端野はいくらか緊張した声で答えた。

「今、私がそちらに参りますので、しばらくお待ち願えますか？」

電話を切って、響子はロビーにあるソファに腰を下ろした。五分もしないうちに、秘書の端野が姿を現わした。五十の手前の、一分《いちぶ》の隙《すき》もないような、仕立てのいいピンストライプのスーツを着た彼女は、感情というものをいっさい削ぎ落としたアンドロイドのように見えた。

「お待たせいたしました。私、秘書の端野と申します」

名刺を端野はテーブルの上に置いた。

「藤森佑介と会わせてください」

「娘さんが亡くなったとおっしゃいましたが、それと、藤森とどういう関係があるのでしょうか」

「それを確かめたくて、来たんです」

「だから、何をどう確かめると」

「娘を死に追いやったのは、藤森佑介なのではないかと思っています」

一瞬、端野の目が見開かれる。しかし、それはすぐに冷静な笑みにすり替わった。

「何を馬鹿げたことを。悪い冗談はやめてください」

「冗談？　私の言っていることが冗談だとおっしゃるんですか」

響子の食い入るような目に、端野はいくらか狼狽《うろた》える。

「それで、根拠はあるのですか？」

「あります。娘が残したメールです。そこに造成地で出会った小指に金の指輪をした男に……」

一瞬、言葉に詰まった。自分の娘が何をされたか口にするのは、身体を引き千切られるようだった。けれど、それを躊躇していても何もわかりはしない。

「その男に、どんなにひどいことをされたか書いてありました。娘はそれが原因で自殺したんです」

「ちょっと待ってください。まさか、その男というのが」

「藤森佑介は、造成地に来ていましたね。小指に指輪もしていますね」

「小指に指輪をした男など、世の中にはゴマンといるでしょう。犯人を捕まえたいと焦るお気持ちはわかりますが、それだけで決め付けられては迷惑です」

「そんなにいるでしょうか。少なくとも、私が現場で聞いて回った時、名前はひとつしか出ませんでした」

「ちょっとお聞きしますが、娘さんが遺《のこ》したというメールに坊っちゃまの、いえ藤森佑介の名でも書かれていたのですか？」

「それはありません。けれども、よく現場で顔を合わしていたとか、クレーン車やブルドーザーに乗せてもらったと書いてあります。そんなことが出来るのは、現場に関わりのある人間だけでしょう。もっと調べれば現場の中にそれを目撃した人も出てくるはずです」

端野は黙る。目が落ち着きなく左右にゆれている。

「とにかく会わせてください」

「外出中だと、申し上げたはずです」

あくまで突っぱねようとする。

「会わせなさい！」

響子はテーブルに両手をついて身を乗り出した。その声はロビーに響き渡り、受付嬢が驚いたように顔を向ける。ドアに立っていたガードマンが近付いて来た。それを端野は手で制し、ゆっくりと響子に顔を向けた。

「大声を出さないでください。冷静に話し合いましょう」

「会わせなさい、会わせないなら、もっと大声を上げるわ。警察を呼びたいならそうしても構わない。どうせ、今から警察に行くつもりですから」

「わかりました」

端野はシステム手帳を開き、それに目を落とした。

「明日までお待ちいただけますか？　ご足労をおかけしますが、明日の午後二時にこちらにいらしてくださいい。必ず時間を作ります。直接本人とお話しいただければ、きっと誤解はとけると信じております。それでよろしいでしょうか？」

「わかりました」

響子は興奮を必死に抑えて頷いた。端野はシステム手帳をぱたんと音をたてて閉じると、すっと立ち上がった。

「では、明日」

ロビーに彼女のヒールの音が、彼女と同じくらい無機質に響き渡った。

その夜。

午前三時を回った頃かもしれない。時間はよくわからない。可菜が死んでから、断続的な浅い眠りしかとれない響子は、ふと気配を感じて目を覚ました。部屋の隅に黒くうごめく人影を見つけた。

「誰？」

恐怖と驚きで声がかすれた。人影は立ち上がり、響子に近付いて来る。叫び声を上げようとした瞬間、激しい平手打ちが飛び、響子は布団にうつぶした。鳩尾《みぞおち》が蹴り上げられる。息が止まる。息ができない。

「どこだ」

黒い影は言った。

「携帯はどこにある」

黒い影は容赦なく響子を痛め付ける。端野の冷たい表情が浮かんだ。あの女がやらせたに違いない。証拠となる可菜の携帯を奪いに来たのだ。メールの存在を知っているのはあの女だけだ。

どれだけ殴られても、死んでも言うものか。響子は絶え絶えに息をしながら首を振った。ちぇっという、短い舌打ちが聞こえる。影の足がさらに強く鳩尾を突く。おもわず呻き声がもれる。いつか響子は意識を失っていた。

目覚めた時、チェストの引出しに入れてあった可菜の携帯はなくなっていた。ベランダの鍵は壊され、何者かが侵入した跡がはっきりと残っている。

「藤森佑介……」

響子は布団の上で嘔吐した。白いシーツの上に、黄色い胃液がたらたらと広がった。

翌朝、響子は自分の携帯から、再び未知子に連絡を入れた。もう一度、メールを送り返してもらうためだ。しかし、未知子の代わりに母親は言った。

「すみません、娘もすっかり怯えてしまって、携帯を持つのが怖いというものですから、買い替えたんです。メールは返送したので、もう必要ないと思って……」

「そうですか……」

これであのメールはもう手に入らない。

その日の午後二時、約束通りに響子は藤森産業に出向いたが、受付嬢の対応は事務的な拒否だった。

「呼んでください、あの端野という女です」

「外出中です」

目を合わさずに、淡々と答える。

「そんなはずないわ。呼んで」

「お引き取りください」

「だったら藤森佑介を呼んで。携帯を返せと言って。いいえ、可菜を返して、あいつは人間じゃない！　人殺しよ。早く、呼んで。呼びなさい！」

響子は受付のカウンターに身を乗り出した。受付嬢が身を引き、首を反らして玄関へと目くばせする。すぐにガードマンが近付いて来た。

「お客さま、申し訳ございませんが、ちょっとこちらへ」

二の腕をしっかりと摑まれる。

「何するんですか」

「ここの警備の者です」

「離して」

しかしガードマンは手を緩めない。すでにロビーにいた何人かが、物珍しそうに眺めている。あくまで言葉は丁寧で、顔つきは穏やかだが、他人には見えないよう、身体でうまくカバーしながら、ガードマンはぎりぎりと響子の腕を締め上げる。

「さあ、こちらへ」

引きずるように通用口まで連れて行かれ、乱暴に外に押し出された。

「帰りな。何があったか知らないけど、身の程知らずなんだよ。藤森産業を相手に、何をどうしようっていうのさ。これ以上、騒ぎを起こすとあんたの身も危ないよ。とにかく帰りな。あんたの太刀打ちできる相手じゃない」

ドアが閉められる。昨夜、打たれた頰と鳩尾が痛んだ。のろのろと立ち上がると、ストッキングが無残に破れ、膝から血が滲んでいた。

痛む身体を引きずりながら、響子は大通りまで出た。その時、信号待ちで分離帯を挟んだ向こう側に黒塗りの車が停まっているのが見えた。響子は立ち竦《すく》んだ。車窓に端野広乃の横顔があった。そして、その隣りで呑気そうに笑っている若い男。藤森佑介だ。端野が手を伸ばして、藤森佑介の襟を直している。何が可笑しいのか、何が楽しいのか、ふたりは屈託なく笑い続けている。響子は見つめ続けた。

絶望などしなかった。絶望したら、あまりにも可菜が可哀相過ぎる。車が発進する。響子はふたりがうかべていたあの笑みを、決して忘れないと誓った。

警察は親身に話を聞いてくれた。可菜の自殺の時に担当してくれた誠実そうな刑事だった。藤森佑介という男が可菜に対して何をしたか、その上、昨夜何者かに侵入されて、当然それは端野という秘書がやらせたに違いないが、証拠となるメールが入った携帯を盗まれたことを話した。そちらの方は強盗傷害事件として、すぐに現場検証すると刑事は言った。しかし、可菜の件に関しては少し時間が欲しいと言われた。

「なぜですか」

応接室とは名ばかりの、安っぽい衝立《ついたて》でおざなりな仕切りをしてあるだけの部屋だった。そこで響子はテーブルへと身を乗り出した。

「とにかく、被害者がすでに死亡しているんでね」

刑事は申し訳なさそうに、短くなったタバコを親指と人差し指でつまんで吸った。

「その死に追いやったのは、あの男なんです。直接手を下さなくても、これは殺人です。あの子は、藤森佑介に殺されたんです。捕まえてください。捕まえて、あいつを極刑にしてください」

「落ち着いてます。私は冷静です」

「じゃあ、おわかりのはずだ。死因は他殺じゃない、自殺です。その決着はついている」

「もちろんそれはわかってます。でも、あの男が可菜に何をしたか。殺人と同じくらい罪深い犯罪のはずです。可菜はまだ十二歳だったんですよ」

「それが本当なら鬼畜のような男だ。そんな奴を野放しにしておくわけにはいかない。しかし、警察は個人的な復讐に動いたりはしない。そこをよく理解いただきたいのです」

「わかっています、わかっていますけど」

「とにかく、お話は伺いました。上の者とも相談いたしまして、起訴できるかどうか検討します。結果はそれからです。申し訳ないのですが、今の私の立場からは、これ以上、何ともお答えできないのです」

アパートへはふたりの捜査官がやって来て、簡単な現場検証を行なった。盗難に遭ったものは？　という質問に「携帯です」と答えると、怪訝な顔つきで聞き直された。

「携帯だけですか？」

「ええ」

「携帯ねぇ。その他にはどうですか？　現金とか貴金属とかでなくなっているものは」

「何もありません。携帯だけです。でも、大事な携帯です。私にとってはお金よりも何よりも。お願いです、取り返してください。犯人はわかってるんです。藤森産業の藤森佑介と秘書の端野広乃。あのふたりがグルになってやったんです。どうか捕まえてください」

響子の言葉に、呆れたように刑事たちは顔を見合わせ、やがてゆっくりと手袋をはずした。

「とりあえず署の方に被害届けを出しておいてくださいね」

刑事たちの笑顔が、響子を落胆させた。まるで子供をあやすかのような、薄っぺらな表情をしていた。

強盗事件に関しては、警察はほとんど動かなかったといっていい。たかが携帯一つの盗難では、身が入らないのも当然かもしれない。そして、藤森佑介に関しても同じだった。

一週間後、刑事は申し訳なさそうに響子にこう言ったのだ。

「起訴には持ち込めない。これが警察の判断です」

その理由を、刑事はとつとつとした口調で説明したが、それを聞こうが聞くまいが、もう響子には何の意味もなかった。つまり、警察は藤森佑介を捕まえてはくれないのだ。あんなむごいことを可菜にした、あの男を放っておくという結論を出したのだ。

ぼんやりとビニールカバーのソファに座っている響子に、刑事は身体を小さくしてぼそぼそと言った。

「お力になれず、申し訳ありません」

そして、こう付け加えた。

「刑事事件としては扱えませんでしたが、民事として戦うことはできます」

「民事?」

「弁護士さんに相談にいらっしゃるといい」

「民事なら、あの男を罰せられるんですね」

「早計はよくない。ただ、可能性はあるということです」

どんな可能性でもいい。あの男を、可菜を死に追いやっておきながら、平然と笑っていられるような男を、このまま放っておけるはずもない。

ネットで調べ、子供や女性の人権問題に強いという経歴を頼って、響子は皆川久美子《みながわくみこ》という弁護士を訪ねた。事務所で応対に出た彼女は、まだ三十歳そこそこだったが、聡明で清潔な印象があった。彼女は熱心に響子の話に聞き入り、手元のノートに細かく事情を書き込んだ。

「そのメールのコピーはないのですね」

「ええ、お話しした通り、秘書の端野広乃に会った夜、何者かに奪われたあの携帯の中にあるだけです。メールを受け取った女の子は、携帯を替えたとのことです」

「それは残念でしたね。それがあれば、判決を左右する重要な証拠になったでしょう。でも、お友達が受け取って読んでいるわけですから、その女の子に証言台に立ってもらうことはできますよね。その女の子の母親も読んでいるんですね」

「はい」

「あと、証拠となるものは、ほとんどないと言っていいでしょう。ましてやお嬢さんはもう亡くなっている。正直言って、勝ち目はあまり期待できません」

響子は唇を嚙む。結局、ここでも警察と同じことを言われるのか。

「けれども、このまま引き下がってはますますそういった男をのさばらすばかりです。弁護士らしくない発言だと言われてしまいそうですが、私は判決だけが目的ではない戦いがあってもいいのではないかと思っています。どれほど傷つき、恐怖にさいなまれ、死を選ぶしかなかったお嬢さんの思いを、何らかの形で晴らしてあげたい。もちろん、お引き受けする以上、負けるつもりはありません。勝つために精一杯やらせていただきます」

「ありがとうございます。よろしくお願いします」

響子は何度も何度も頭を下げた。嗚咽《おえつ》に詰まりながら、頬を拭いながら、何度も何度も頭を下げた。

皆川久美子は精力的に動いてくれた。訴えの提起は地方裁判所に「訴状」を提出することから始まる。一回目の法廷から藤森佑介は現われなかった。弁護士が三人、ふてぶてしいほどの自信を浮かべていた。

審理がひと月ほど過ぎた頃、藤森側の弁護士がこんな主張をした。

「原告人、並木響子の長女である可菜は、母子家庭であるがゆえ、教育の目が届かず、また経済的にも満足とはいえない毎日に不満を持ち、日頃からＳＮＳを利用し、売春行為を続けていたと思われる」

「異議あり」

皆川久美子の激しい声が飛ぶ。響子はただ呆然とした。いったい何を言っているのか、すぐには理解できなかった。ＳＮＳ？　売春？　それが可菜を指していることに気づいた時、身体が燃え上がるのではないかと思うほどの激しい怒りに震えた。何を根拠に、そんなデタラメなことが言えるのだ。弁護士は依頼人を助けるためなら、どんな嘘でもでっち上げるのか。

その日、審理が終わった後、皆川久美子はいくらか疲れた顔で事務所のソファに腰を下ろした。

「悔しい気持ちはよくわかりますが、今は落ち着いていてください。彼らがあんなことを言い出したのには別の意図があると思うんです」

「別の意図？」

「問題はメールです。携帯は替えてしまったけれども、笹野さんのお母さんから証言は受けられました。でも内容を全部記憶しているわけではありませんからね。大雑把なものです。あちらの弁護人としては、そのメール自体に信憑性《しんぴょうせい》があるかどうか、つまり可菜さんが嘘のメールを書いたのではないかと主張したいわけです。あの年代の少女にありがちな、現実と妄想をないまぜにして、ひとりの男、たまたま出会った藤森佑介ですが、その男を悪役にすることによって自分の罪悪感を紛らわそうとしたのではないかとの推理をたてているわけです。そして、そういう要素が、普段の可菜さんの行動から連想できるのではないかと、裁判官に訴えたいわけです」

「だからって、あんなデタラメを。売春なんて、可菜はそんなことしていません」

響子は叫ぶように否定した。

「ええ、わかっています。汚ないやり方です。それだけあちら側も必死なのです。何しろ、藤森産業の跡取り息子ですからね。どんなことがあっても、前科者にするわけにはいかないのでしょう」

それからしばらくして、響子は勤め先の社長から一冊の雑誌を見せられた。

「ひどいもんだ」

と、差し出しながら社長は顔を顰《しか》めた。

「見せない方がいいかと思ったのだけど、知らないというのもね」

そこには大きく『ここまで来たか、少女の性意識』との見出しが載せられていた。

仮名だったが、それは明らかに可菜の事件が書かれていた。しかし内容はひどく偏ったもので、思わず放り出してしまいたくなるような代物だった。ＳＮＳで知り合った男に援助交際という名の売春行為を行なっているのは、女子高生ばかりではない。女子中学生、中には女子小学生も存在する。その結果、自殺を選んだひとりの少女を例にあげているのだが、それが可菜なのだった。誌面はルポという形をとっていながらも、そこに真実は何もない。ただ興味本位に、性的な部分だけをひどく誇張しあざとく書かれている。

「ひどい、あんまりだわ……」

雑誌を持つ響子の手が震える。可菜がＳＮＳを利用して売春を行なっていたという前提の記事になっている。

「誰も、こんな俗悪な雑誌の記事なんか信用しない。心配しないでいいから」

しかし、その社長の言葉はいとも簡単に崩れることになる。

マスコミは、こぞってこの問題を取り上げるようになっていた。決して、可菜が藤森佑介から受けた残酷な行為ではない。小学生の売春という部分だけをクローズアップし、騒ぎ立てるのだ。

知識人とか文化人とか児童心理学の学者とか弁護士とかタレントとか同じ子供を持つ一般の主婦とかが、テレビで雑誌で、物知り顔にコメントを繰り返す。

「問題はやはり母親の躾《しつけ》にあるでしょう。小さい頃に親子のコミュニケーションがとれずにいると、物事の善悪を把握できない子供が育つんです」

「母親はいったい娘の何を見ていたのでしょうね。無関心が子供の心をどれだけ歪めるか、わかっていなかったのですかね」

「こちらはシングルマザーということですが、こういった事件があると、一生懸命ひとりで子供を育てている母親が、偏見の目で見られる恐れがあります。とても残念です」

「ほんとにもう、信じられないわ、小学生が売春だなんて。世も末ね」

それはひとつの社会現象となり、響子のあずかり知らぬところで、歪められた形のままどんどん膨れ上がってゆくのだった。週刊誌の記者が、家や会社に押し掛けるようになったのもその頃からだ。

はじめ彼らに対して響子はできる限り応対した。可菜が何をされたかなど、本当は口にしたくない。できるものなら黙っていてやりたいと思う。けれども口を閉ざして、これ以上、世間に誤解を広めたくなかった。可菜は売春などしていない。可菜は被害者なのだ。それを必死に伝え、理解してもらおうとした。しかし、その雑誌が発売された時には『母親の知らない娘の実態』という記事になっていた。いつか響子のプライバシーも暴露され、父親のない子を産んだ響子自身が、かつてさまざまな男たちを渡り歩いた過去を持つ女にされていた。

嫌がらせの電話や手紙も来るようになった。ネットの掲示板には誹謗中傷《ひぼうちゆうしよう》のカキコミが連なった。

「この恥知らず！」「母親失格」「母親がだらしないから、そんな娘が生まれるんだ」「この町から出てゆけ」

響子にはわからない。なぜ、これほど言っても言葉が通じないのだ。なぜ、真実が伝わらないのだ。なぜ、何ひとつ迷惑をかけていない相手から、これほどの仕打ちを受けなければならないのだ。いったい自分が、可菜が何をしたというのだ。名乗らず、ただ暴力のように言葉を浴びせる。情報はまったく形を変えて垂れ流されてゆく。その悪意すべてに、響子は恐怖を感じる。自分の戦っている相手はいったい誰なのか。藤森佑介ひとりではなかったのか。

人の目の変化も、響子は目《ま》のあたりにした。同情的だった知人たちが、居留守を使うようになり、道で出会ってもすっと避けてすれ違う。響子に向ける目は、すでに犯罪者を見る目だった。

嫌がらせの電話や手紙は、やがて自宅だけでなく会社にも及んだ。日に何本もかかる無言電話は、明らかに仕事に支障をきたすようになっていた。それについて社長は何も言わなかったが、響子は辞表を提出する決心をした。

「ご迷惑をかけて申し訳ありませんでした」

社長はうつむいたまま、小さく言った。

「すまないね」

返す言葉は何もなかった。

裁判には敗けた。その判決の後、藤森佑介はすぐに海外に飛び立った。皆川弁護士は「私の力不足でした」と頭を下げた。残ったものは一方的なスキャンダルと、すべてを失った自分自身だった。

その時、響子は強く思った。

可菜は藤森佑介に殺され、そして今度は世間に殺されたのだ。

「少し眠るといい」

鴻野が言った。

「眠くないわ」

響子は短く答えた。

「横になるだけでも身体が休まる。イヤでなかったら、僕のベッドを使ってくれ」

それはまるで懇願のようにも聞こえて、響子は鴻野を見直した。彼は机に腕を乗せ、うな垂れている。組んだ指が細かく震えていた。

「すまない」

呻き声のように、鴻野が洩らす。

「君をそんな目に遭わせてしまった」

「あなたのせいじゃない」

響子は鴻野から目を逸らす。

「いいや、僕のせいだ。すべて僕の決断力のなさが原因しているんだ。君を守ってやれなかった。僕の血をひいた、僕の娘に、僕は何もしてやれなかった。無責任な傍観者のひとりになっていただけだ」

「可菜は私の娘です」

「そして、僕の娘でもある。そうだね」

鴻野がゆっくりと顔を上げる。彼の表情は苦渋に満ち、その目には絶望としか呼べない色が滲んでいた。

「すまない、許してくれ」

響子はゆっくりと首を振る。

「すべては終わったの。私はもう誰も恨んでいないし、後悔もしていない。今、とても静かな気持ちよ。謝って気が済むなら、謝ればいい。でも、私にはもう、どうでもいいの」

それから立ち上がった。軽い目眩がした。

「やっぱり少し横になるわ」

眠気はないが、疲れはある。結論の出ない鴻野との会話を、これ以上続けていったい何になるのだろうという気持ちもあった。

何の気なしに、ベッドに横たわった。しかしその瞬間、思いがけない動揺が響子を包んでいた。シーツや毛布にしみついた鴻野の匂いが、ある種の生々しさをもって蘇って来た。

十五年という月日を越えて、この匂いをはっきりと記憶していた自分に、響子は狼狽えていた。この匂いに包まれ、声を上げ、狂ったように抱き合ったひとつひとつの夜。愛した。愛されていた。その言葉以外、過ごしたあの時間をどう説明したらいいだろう。

響子は薄明かりの中で手をかざした。荒れて節の皺が目立ち、甲には老斑にも似たシミが広がっていた。かつて鴻野に幾度となく愛撫されたこの手に、もう若さはない。愛だけを摑みたいと欲していた手は、たくさんの別のものに晒され、ついに血で染まってしまった。

目尻からすっと涙が流れ落ちた。あの頃に帰りたいのではなかった。ただ、あの頃の自分が愛しかった。こんな人生が待っているとは想像もせず、無邪気に笑い、愛だけに生きたい、生きられると信じていたあの頃。残酷なほどに無知だった自分。

「あなた」

響子は鴻野を呼んだ。それは十五年前と同じ響きを持っていた。

「どうした」

鴻野が襖を開ける。

「来て」

彼は息を吞む。二度、言うつもりはなかった。薄明かりの中で、響子は鴻野を真っすぐに見つめた。確かに今、激しく欲情している自分を感じていた。

鴻野が近付いて来る。響子は目を閉じようとはしない。彼の老いが滲み始めた身体と、かつての膨らみが消えた自分の胸とが、触れ合う瞬間を見つめていたかった。若さという魔法がとけた時、人は肉体が持つ儚《はかな》さに愕然としながらも、肉の削げおちた粗末な太ももや、たるんだ皮膚の奥底に、初めて魂の存在を知る。そして大抵、その時は手遅れなのだ。哀しいと思う。哀しみはいつも答えを持たない。神は何て残酷な罰を、男と女に与えたのだろう。

快感は痛みに似ていた。痛みは切なさを呼び、鴻野の背に回した指に力がこもる。吐息と唾液が言葉よりも濃密にふたりを行き交う。足の付け根から涙に似たしずくが流れ落ちるのを感じながら、響子は激しくのぼりつめてゆく。なぜ、と叫ぶ自分がいた。なぜ、こうなったのだろう。なぜ、鴻野と出会い、別れ、可菜は死に、私は人を殺したのだ。どんな刹那が、人生のすべてを決定したのだ。

すべてはなぜで始まり、そして、終わりも同じだった。

可菜、可菜、

響子はうわ言のようにその名を胸の中で呟き続けた。

「行かなくちゃ」

響子は枕元の時計が二時を指すのを確認した。

「行くな」

響子の肩に回した鴻野の腕に、力がこもる。

「行くな、行かないでくれ」

響子はその腕を解く。

「いいえ、行かなければならないの」

「一緒に逃げよう。僕はもう何もいらない。すべてを捨てる覚悟はついてる。三百万を持って、ふたりでどこかに行こう」

「馬鹿なことを」

「どうしてだ」

「ご家族はどうするの」

「持っているものはみんな置いてゆく。退職金が下りれば妻の老後の心配もない。娘はもう大学生だ。やるべき責任は果たした。彼女たちにとって、僕はもう必要のない男になった」

「できないわ」

「なぜ」

「約束したから」

「君を助けてくれた子だね。いったいどういう女の子なんだ。どうして君を助けたんだ」

「わからない。何も知らないの。ただ、あの子と私は同じなの。それだけはわかるの。だから、何も聞く必要もないと思ってる。私、約束したのよ、あの子を日本から逃がしてあげるって。きっと待ってるわ。口では色々言ってるけど、私を信じてくれているのよ。そんなあの子を裏切りたくないの」

「そうか」

「ありがとう。嬉しかった」

響子はベッドから出て、服を手にした。

「僕も行こう」

「えっ？」

肩越しに振り向く。

「すぐ支度する」

「何を言ってるの、気は確かなの」

「今までで、こんなに気が確かになったことはない」

鴻野はふっと口元に笑みを浮かべた。それはひどく和らいだ表情だった。

「あの時と同じ後悔はしたくないんだ。もう僕は若くない。だからこそ、今度は思う通りに生きたいんだ」

鴻野の目に迷いはなかった。

アパートの前に黒っぽいカローラが停まっている。暗くて中は見えないが、刑事が張り込んでるのは間違いないだろう。それをキッチンの窓から確認すると、鴻野は自分と響子の靴を手にしてベランダのサッシ戸を開けた。

「隣りの部屋とベランダが繋がっている。仕切りはあるが、少し無理をすれば越すことはできる。大丈夫か？」

見ると、確かに仕切りはあるが、足元に台を置けば越せないことはない。

「ええ、大丈夫よ」

「いちばん端の部屋まで行けば、ブロック塀から電柱に移って、道に下りられる」

「わかったわ」

「幹線道路に出て、タクシーをつかまえよう」

ふたりはベランダに出た。

ユミ

「行くよ」

栄文が腕を放し、ベッドから抜け出した。微睡《まどろ》んでいたユミは、うっすらと目を開け、気怠《けだる》い思いで尋ねる。

「今、何時？」

「二時だ」

「まだ時間あるじゃない」

「準備も必要だからな」

それから栄文はベッドの中のユミの顔を覗き込んだ。

「大丈夫か？」

「何が？」

「すごく顔色が悪いよ」

ユミは自分の顔に両手を当て、わざと頬をくしゃりと潰してみせた。

「寝起きが悪いのよ。美人は低血圧って相場が決まってる」

「明け方五時に待ってるから」

「わかってる」

栄文がドアに向かって歩いてゆく。その背が何やらひどく愛しく見えて、ユミは思わず声をかけた。

「栄文」

栄文が振り向く。呼び止めたものの、実はかける言葉など何も持ってないと気づき、ユミは思わず口走った。

「あんたぐらいだわ」

「何が？」

「私と一緒にベッドに入って、何にもしなかった男」

「世の中の男をみんな一緒にするなよ」

「後悔するよ、もったいないことしたって」

栄文の頬にかすかな笑みが浮かぶ。

「遅れるなよ」

栄文が部屋を出て行ってから、ユミは起き上がろうとした。けれど身体が重くていうことをきかない。熱っぽさも抜けてなくて、頭の芯がぐらぐらした。シャワーでも浴びればすっきりするかもしれないと、キャミソールを脱ぎ捨てると、身体に広がる赤い斑点に気がついた。

「なに、これ」

内出血を起こしたような発疹だった。それが皮膚の柔らかな部分、お腹や二の腕に点在している。不意に今までに経験したことがない悪寒が襲って来た。

「寒い……」

ユミは布団の中に潜り込み、しばらくじっとしていた。すぐに治る、と思おうとするのだがなかなかそうならない。いつのまにか、またうとうとしてしまったのかもしれない。

枕元の電話が鳴って、ユミは手を伸ばした。フロントが電話をつなぐ。

「もしもし」

「ユミさん、私」

「ああ、おばさん」

「今、ホテルのすぐ近くにいるの。部屋に行くからルームナンバーを教えて」

「805よ」

「ユミさん？」

受話器の向こうから、響子の不安気な声がした。

「どうかしたの？」

「何が？」

「声がつらそうだけど」

「ちょっと風邪をひいちゃったみたいなんだ。ほら、海に浸かったりしただろ。ツイてないよ」

「大丈夫なの？」

「どうってことないよ」

「すぐ、行くわ」

電話を切って、何とか起き上がった。のろのろとした動作で着替えを始める。立っているのがやっとだった。呼吸が浅くなり、動悸は速い。ユミは自分に舌打ちした。

「何なのよ、肝心な時に」

それでも何とか着替えると、ドアがノックされた。ユミは壁に手を這《は》わせながらドアに近付き、ロックをはずした。響子が入って来た。しかしその後ろにもうひとつ人影があるのを見て、思わず緊張した。

「誰、そいつ」

「心配しないで。私の知り合い。お金を用立ててくれた人よ」

「ふうん」

ふたりが部屋に入って来る。ユミは男をまじまじと眺めた。つまり、こいつが響子のかつての恋人だったというわけだ。どこにでもいる冴えない中年のオヤジだった。このふたりの間に、かつて恋が存在したなんて想像できなかった。大人の恋愛は小説のようにはいかない。どこかくたびれていて、滑稽な感じがする。

「だからって、何でそんな奴を連れて来るんだよ」

「この人が来たいって言ったの」

響子が困ったように答える。ユミはソファに腰を下ろした。立っているのはやはりつらい。鴻野が初めて口を開いた。

「話は聞いてる。何も心配しなくていい。君を日本から脱出させるのに、僕も協力させてもらいたいだけだ」

ユミは呆れて、思わず笑いだした。

「あんたもおばさんも、ほんと変わってる。何で私なんかを助けようとするんだよ。ヨリが戻ったんだろう。だったらふたりで手に手をとって、とっとと逃げればいいのに」

「正直言うと、僕もそう思った」

鴻野の表情がわずかに崩れた。すると目尻にきゅっと皺が寄り、意外にもそこに少年ぽい純粋さが見えた。悪くないな、と思った。

「実際、そうしようと彼女にも言ったんだ。けれど、彼女はどうしても君との約束を守りたいそうだ。彼女が守りたいものは、僕の守りたいものでもある」

ふたりが目線を交わし合う。そこにふたりにしか通じない空気のようなものを感じて、ユミはかすかに嫉妬を覚えた。

「ああ、そう。愛ゆえの連帯意識ってわけ。たまんないね」

ユミは顔をそむけた。

「それで、私を送り出して、その後、あんたたちはどうすんのさ」

響子が足元に視線を落とす。

「まだ、何も考えてないわ」

「考えろよ、せっかく昔の恋人と再会したんだろ。ちゃんと考えろよ」

「すべては、あなたを見送ってから。それからよ」

「バッカじゃないの」

「それでいいのよ。私はただ自分がしたいことをするだけ」

「本当に、救いようのないバカ」

ユミは口を尖らせ、はすっぱに言った。人の好いにも程がある。自分だったら絶対に逃げている。それでもツンと鼻の奥が痛んだ。

響子がベッドサイドの時計に目をやった。

「そろそろ約束の場所に向かった方がいいわ。ホテルの支払いはこの人が済ませてくれたから、いつでも出られる」

まったく何て律儀な奴らなのだろう。そんなもの踏み倒してしまえばいいのに。けれど、ユミはもう何も言わなかった。そんな彼らの善良さを嘲笑できない自分がいた。

デイパックを背負い、ソファから立ち上がろうとした時、激しい目眩に襲われ、ユミは思わず床に膝をついた。

「ユミさん」

響子が慌てて駆け寄り、ユミの身体を支える。

「熱いわ、あなた熱があるんじゃないの」

「言ったじゃん、風邪をひいたって」

「大丈夫？　行ける？」

「決まってるだろ。熱があろうが、行くしかないんだから。組の連中の手も伸びてるっていうし、ぼやぼやしてられない。もしこのチャンスを逃したら、もう永遠に日本とおさらばできない」

不意に鴻野がユミに近付き、屈んで背を向けた。

「おぶさって」

「え？」

「いいから、僕の背に」

「でも」

「年寄りに見えるかもしれないが、まだ力はある。君ひとりぐらいおぶっても平気だ」

ユミは響子を見上げる。いいの、と目で問う。響子が頷く。それに促されるように、おずおずと鴻野の背に身体を預けた。


ホテル前の通りに人の気配はなかった。まるで海さえ眠っているように、波の音も聞こえない。

しばらく待って、タクシーがつかまった。タクシーに乗るのが危険だとわかっているが、この状態で約束の場所まで歩いて行けるはずがない。ユミさえ船に乗せれば、後はもうどうなってもいい。それまで捕まらなければいいだけだ。

タクシーには先に響子が乗り、次にユミが、そして最後に鴻野が乗った。

「本牧埠頭C突堤まで」

響子が告げる。車が走り始める。真ん中に座るユミは、がっくりと身体を響子に預けている。服を通して熱さが伝わって来る。かなりの高熱のようだ。それが本当にただの風邪なのか、響子にはわからない。医者が言っていた「敗血症」という名がふと思い返されて、不安が闇のように広がってゆく。

「ユミさん」

「ああ」

「もうすぐだからね」

ユミは浅い呼吸を繰り返しながら頷いた。

C突堤の入口で、タクシーは停まった。ここから先は、関係者以外の車両は入れないという。

「十分も歩けば、突端に出ますよ」

運転手に言われて、三人は降り立った。興味深げな運転手の目線が気になったが、今さらどうしようもない。鴻野がまたユミを背負う。もうユミは逆らわない。

ぽつりぽつりと街灯が灯る突堤を、三人は歩いていった。波の音に紛れて靴音が響く。

右側に古い倉庫が並び、その輪郭は夜に溶け込んで、巨大な壁のように見えた。遠くに船の明かりが揺れている。あの中のどの船が、ユミを新しい人生に旅立たせてくれるのだろう。

「おばさん」

掠れたユミの声がした。

「どうしたの、つらいの？」

響子は顔を近付ける。

「ううん、違う。最後にひとつだけ、聞かせて」

「何?」

「別に、無理に聞き出すつもりはないんだけど」

「いいのよ、何でも聞いて。今なら、何でも話せそうな気がするから」

ふたりの声が波に揺られている。

「なぜ、藤森佑介を殺したの?」

一瞬、響子は言葉に詰まった。

「イヤならいいんだ」

「それはね、それは……娘の可菜があいつに殺されたから」

「え?」

ユミの息を呑む様子が窺える。

「正確に言えば、殺されたわけじゃない。でも、それと同じこと。可菜は、あいつにひどいことされたの。それを苦にあの子は自殺したの」

「ひどいことって」

「そう、ひどいこと。十二歳の子供に、とても信じられないような、ひどいこと」

「そう……」

「それからずっと、復讐だけを考えて来たわ。それだけが私の生きる支えだったから」

「それで、おばさんは殺《や》ったんだ」

「迷いはなかった。あれを見てさらにそれしかないと思った」

「あれって？」

「パソコンの中に、あの男は写真を入れていたのよ。何人もの少女たちが、ひどい格好させられたのが写ってた。本当に、思い出すだけでも身体中の血が逆流しそうなくらいひどい……」

それから響子は声のトーンを落とした。

「その中に、可菜のもあったわ」

沈黙があった。

それは救いがたい重さで三人の前に横たわった。

「それで、その写真はどうしたの？」

「もちろん、消したわ、他のもみんな」

「そっか、ありがとう」

意味がわからず、響子はユミを振り返った。

「その写真の中に、たぶん、私のも入ってたから」

響子の頬から血の気がひいた。

「ユミさん、あなた……」

「私も同じ。あんたの娘と同じこと、あの男にされたんだ」

その時、響子はなぜ自分たちが出会ったのかわかったような気がした。ぶつかりながらも、惹《ひ》かれ合う何かがあった。今、すべてがわかる。ユミは、可菜でもあったのだ。ユミを思い切り抱き締めたかった。可菜にしてやれなかったすべてのことを、ユミにしてやりたいと思った。

その時、鴻野が足を止めた。

「誰かいる」

倉庫の陰にゆらりと動くものが見えた。人間だとわかるまで、しばらくかかった。人影は四つ、いや五つだ。響子と鴻野は足を止めた。五つの影はまるでひとつの塊りのように重なり合って、こちらに近付いて来る。やがて十メートルほどの距離を保って、止まった。

「ユミか」

掠れた声が聞こえた。それは静かな夜を壊すに十分な冷酷さを含んでいた。街灯がぼんやりその姿を映し出す。獰猛な目が、無表情のままこちらを見据えている。

「違う」

鴻野が答えた。

「違うだってさ」

右端のチンピラ風の男が、ヘラヘラと笑い声を上げた。

「じゃあ、あんたが背負ってる女、それは誰なんだよ」

「おまえたちには関係ない」

鴻野が言う。その声は震えている。

「おっさん、いい加減にしな。関係ないのはあんたらだ。いいから、ユミをここに置いて行きな」

じりじりと彼らは距離を縮めて来る。響子と鴻野は同じだけ後退りする。ユミが背中で言った。

「もう、いい、下ろして」

ユミが鴻野の背から下りる。足元がふらついて前のめりになるのを、鴻野が抱きかかえる。

「あたしをどうする気だよ」

「どうもこうも、おまえ、大変なことしでかしてくれたもんだな」

「ふん、あんたたちの知ったこっちゃない」

「売春婦に幹部の郷田を殺されて、高飛びなんかされた日にゃ、面子《メンツ》が立たないんだよ。

おまけに金までかっぱらって行きやがって。さあ、こっちへ来い」

「イヤよ」

吐き捨てるようにユミは言うと、デイパックを肩からはずし、中に手を突っ込んだ。その手に握られているのは銃だった。ユミは両手をまっすぐに突き出し、男たちに銃口を向けた。その顔にはまるで消えかかる炎の最後の一瞬のような激しさが広がっていた。男たちは素早く姿勢を低くし、身構えた。

「馬鹿な真似はよせ」

男たちが靴を地面にこすりつけながら、じわじわと左右に広がる。

「撃つよ、本当に撃つんだから」

男たちに向かって、右に左にと、ユミは銃口を向ける。その時、左端にいた小柄な男が、胸のポケットに手を入れた。

「危ない！」

叫んだのは鴻野だ。鴻野はユミの前に立ちはだかった。パンと乾いた銃声が響き、オレンジ色の火が吹いた。響子が悲鳴を上げる。鴻野が膝をつく。肩を押える鴻野の指の間から血が吹き出している。弾丸は鴻野の肩にめり込んだらしい。

その時、埠頭の入口近くからヘッドライトの明かりが近付いて来た。男たちが一斉に振り返る。何台もの車がこちらに向かって走って来るのが見えた。屋根には赤いライトが回っている。「サツだ」の声と共に、男たちは倉庫に向かって駆け出した。

「行くんだ」

鴻野が言った。

「早く、ユミさんを連れて、約束の場所に行くんだ」

「でも」

「僕のことはいい。早く、行け」

「ええ」

響子は座り込んでいるユミの腕を肩に回し、立ち上がらせた。しかしもう、ユミには歩く気力も失われていた。体重のほとんどを受けながらも、響子は必死にユミを連れてゆく。

「おばさん、どうしたんだろ、私、身体が動かない」

耳元で、泣いているかのようなか細い声がした。

「大丈夫、私にしっかり摑まって。もうすぐよ。もうすぐだから」

海に目をやると、真っ暗な中から、小さな明かりが近付いて来た。

「来たわ、迎えの船よ」

けれどユミの足は動かない。爪先が地面にこすれて、ずりずりと音をたてた。

「頑張って、ユミさん。こんな汚れきった日本なんか捨てて、人生を一からやり直すんでしょう。太陽と海とに囲まれて、ラテンの男たちと楽しく暮らすんでしょう。もうすぐよ、ほら、もうすぐだから」

船はもう堤防のすぐ近くにいる。手を振るあの青年の姿が見えた。

その時、ばらばらと背後に足音が聞こえて、響子は振り返った。ふたりは警官たちにすでに包囲されていた。その中に、あの老刑事の姿もあった。

「来ないで！」

響子は叫んだ。

「来ないで、この子を自由にさせてやって」

ゆっくりと、警官たちは距離を縮めて来る。ふと、ユミが手にしている拳銃が目についた。響子はそれを手にして、警官たちに向けた。

「来れば、撃つわ」

退く警官たち。片手では到底ユミの体重を支え切れるものではなかった。ふたりは地面に座り込んだ。それでも響子は片手でユミを抱き締め、片手で銃を構え続ける。

「ユミさん、しっかりして。立つのよ。ほら、もう少しよ。そこにもう、船が来てるんだから」

「どうしたの、ほら、頑張って」

「おばさん……」

ユミは顔を上げた。それは驚くほど蒼白で、唇の色さえ判別できないほどだった。それを見たとたん、激しい悲しみが響子を襲った。

「私、ダメみたいだ……」

「何を言うの」

「足が動かない、手も痺れてる、おばさんの顔もよく見えない」

「ユミさん」

まさかと思いながら、そのまさかを響子は否定できずにいた。それでも必死にユミを船へと運ぼうとする。

「おばさん、もういいよ」

「どうして」

「行きたいよ、行きたいけど、私、もう無理みたい」

ユミは響子の腕の中でがっくりと身体をもたれかけた。その目はすでに焦点を失いかけている。それでも必死に瞬きを繰り返し、響子の顔を見ようとする。

「うん……」

「私、死ぬのかな」

「まさか、そんな訳ないじゃないの」

言葉と同時に、涙が溢れた。ユミは息をするのもつらそうだった。それでも、かすかにほほ笑んだ。

「ありがとう。もう十分だよ。私ね、おばさんと一緒にいてすごく楽しかった……。人を信じるって、気持ちがいいことなんだね。もっと早く、それに気づいていればよかったのにね」

何か答えようとするのだが、響子は嗚咽を抑えるのが精一杯だった。

「まるで、まるでね、ママと一緒にいるみたいだった」

「ユミさん……」

ユミの視線が海の彼方《かなた》へと向けられる。

「せめて、ママの髪飾りだけでも行けたらよかったのに」

ユミの睫《まつげ》が細かく震えた。

「ありがとう、おばさん……」

そうして、ユミは静かに目を閉じた。

「いやよ、いや、ユミさん！」

響子は叫び、強くユミの身体を抱き締めた。

しかし、もうユミは動かない。

「ユミさん……」

なぜ、こんなことになってしまったのだろう。死ぬのは自分ではなかったのか。まだ十七歳のユミが死に、もう若くはない自分が生き残るなんて、そんな皮肉があっていいものか。あの時、可菜を死なせ、そして今日、もうひとりの可菜まで死なせてしまうというのか。

「ごめん、ごめんユミさん。ごめん、可菜」

呟きながら、響子はユミの身体を抱き締めた。

ふと、顔を上げると、揺れる船の上であの青年が呆然と立ちすくんでいるのが見えた。あの船に乗って、ユミは新しい人生を摑むはずだった。まっさらな魂に戻るはずだった。もう少し、あと少しでその夢は叶うはずだったのに。響子は髪に手をやり、髪飾りをはずした。船に向かって投げると、彼が戸惑いながらキャッチした。

ユミの望み通り、この髪飾りだけでも、こんな日本から抜け出して、ユミと彼女の母親の代わりに新しい世界に辿り着けますように——。

彼は手にしたものを見つめると、まるですべてを察したかのように頷き、船の向きを変え、エンジンを全開させて海の彼方へと走り去って行った。

やがて救急車が到着し、制服を着た男たちがタンカを持って近づいて来た。顔を上げると、すぐ目の前に老刑事が立っていた。彼は静かに響子の手から銃を取り上げ、代わりに手首に手錠を下ろした。老刑事に促されて、響子は救急隊員たちにユミを預け、ゆっくりと立ち上がった。

肩を押えた鴻野が頼りなげな足取りで近付いて来た。手から肘にかけてシャツが血で真っ赤に染まっていた。

「待っている。響子、僕はいつまでも待っているから」

響子はかすかに笑顔を向け、海を振り返った。すでに東の空はうっすらと朝の光を受け、ついさっきまで世の中すべての女たちの涙を湛えたように暗く果てしなく広がった海は、朝焼けに染まりつつあった。

すべてが終わったことを、響子は強く感じた。

その虚無感の先にあるのは、ただ透明でしかない慟哭だった。

参考文献
『密航列島』　森田靖郎　朝日新聞社
『完全失踪マニュアル』　樫村政則　太田出版

解説

藤田《ふじた》 香織《かをり》
（書評家）

好きだ、と思って長く読み続けてきた作家の新刊を読み終え、つい「昔はよかったのに」と呟《つぶや》いてしまった経験が、みなさんにはないだろうか。私は、ある。大きな声では言えないけれど、ままある。それはもちろん、自分の感性が劣化した可能性もあるし、想い出補正がかかっているからかもしれない。結婚して十年、二十年と経った夫や妻を横目に、ついこぼしてしまう愚痴程度の嘆きともいえる。でも、たとえ勝手な思い込みだとしても、そう感じてしまうことは、やはり寂しい。

ところが、コバルト小説でデビューし、二〇一六年の今年三十二年目を迎えた唯川恵の作品を読み継いできて、「昔はよかった」と思ったことは一度もない。正直に言えば、好みではない物語もあったけれど（なにせ作品数が膨大でもあるし）、それはあくまでも「好み」でしかなく、なるほど、今回はこうキタのか！　と納得できた。

たとえば。

それはいったい何故《なぜ》なのか。理由を述べる前に、本書の概要に軽く触れておこう。

物語は主人公となる並木《なみき》響子《きょうこ》が、マスクを装着し、掃除用具一式を手に仕事に向かう場面から幕を開ける。その日、勤務先の会社は創立記念日で、本来、響子の仕事は休みのはずだったが、社内で現社長のひとり息子・藤森《ふじもり》佑介《ゆうすけ》の副社長就任パーティが開催されるため駆り出されたのだ。響子は「いつもと同じように」振る舞い、守衛の男性にも至って愛想良く声をかけもするが、一方で、そこはかとなく不穏な空気も感じられる。それが次第に、色濃くたちこめていくこの導入部分の緊迫感がまず読ませる。〈何事もなかったように。そう、あの時のことなど、すべて忘れたように〉〈響子は今、四十二歳だが、四十七歳とサバをよんでいる〉〈響子はここでは、山本道子《やまもとみちこ》という名を通している。平凡で誰もが頭に入れた瞬間、印象を消してしまう名前〉〈この日を待ってい た。この日のためだけに、この三年を生きて来た。失敗は許されない〉。何気なさを装う響子の言動をテンポ良く描きながら、これから良からぬことが起こるのだろうと予感させ、物語の先へ先へと読者の気持ちを逸《はや》らせていくのである。

そして実際、恐らく多くの読者が予想したであろう事件を、響子は引き起こす。副社長室で待機する佑介を、忍ばせてきた包丁で刺殺するのだ。躊躇《ためら》うことなく、ひと息に。「可菜《かな》の恨みを晴らしに来たわ」という言葉から、響子がこの犯行に及んだのは、復讐であったことが分かる。可菜とは誰なのか。これほど周到に、時間をかけ、千載一遇の好機を逃すことなく「殺人」という罪に手を染めるほどの恨みとは何なのか。読者の頭の中には次々に新たな疑問が浮かんでくるが、当の響子は目的を遂げ放心するばかり。〈捕まるのは厭《いと》わない。むしろ、早く捕まえてくれればいい。私は笑って刑を受ける。どんな刑でもいい。死刑でもいい。可菜のそばにいけるなら〉。ところが。そこにひとりの女が現れ、腕を摑《つか》まれた響子は、犯行現場から連れ出されてしまう。響子にしてみれば、思い通りに事を成し得たはずなのに、思いも寄らなかった展開が待ち受けていたというわけだ。

ほどなく、響子を連れ出した女は道田《みちだ》ユミという名で、自らも何らかの罪を犯し、偽造パスポートを手に入れ日本を離れる予定であることが分かってくる。更には、響子と同様に深い恨みから佑介を殺すつもりだった、ということも判明。かくして、物語は逃げるつもりはなかった響子と、これから異国で人生をやり直そうと目論《もくろ》むユミの逃亡劇へと展開していくことになる。

女性ふたりの逃亡劇といえば、二〇一六年一月に連続ドラマ化され話題を呼んだ奥田英朗《おくだひでお》の『ナオミとカナコ』（幻冬舎）を思い出す方も多いかもしれないが、学生時代からの親友同士だった彼女たちとは異なり「響子とユミ」は、この日初めて会ったばかり。互いの素性もわからない、名前さえ知らない、年齢も四十二歳の響子に対し、ユミは十七歳と母娘ほど離れている。そんなふたりにどのような結末が待ち受けているのか——。

予想どおりの展開となった序盤から一転、ここからは、先の読めない状況に読者も翻弄《ほんろう》されていくことになる。本文を未読の方のために詳しくは触れないが、罪と罰、無常と無情、そして『刹那に似てせつなく』というタイトルの重みを、深く噛みしめずにはいられない長編作である。

本書の初出は、一九九七年の七月に書下ろし作品として単行本で、二〇〇四年一月に文庫版が刊行されたのだが、この度《たび》新装版として再版されるにあたり、物語の舞台も現代へと生まれ変わった。単行本の執筆時からは約二十年の歳月が流れているわけで、当時はスマホなどなかったし、ユミが逃走に使ったホンダのフィットもまだ発売されていなかった。〈セレブママ〉なんて呼び方もなく、リーマンショックが起きたのは二〇〇八年である。では、元本ではどのような表現がされていたのか。機会があったら読み比べてみると、時代の流れを懐かしく楽しむことも出来るだろう。と、同時に、この二十年間での唯川恵という作家の変化と成長も感じられるはず。

一九八四年に少女小説家としてデビューして以来、二〇〇二年には直木賞を、二〇〇八年には柴田錬三郎《しばたれんざぶろう》賞を受賞し、筆歴三十年を超えて尚「人気作家」と称され続ける唯川さんに対し、今さら「成長」というのもいかがなものかと思われるやもしれないが、実際そうとしか言えないのである。そして私が、「昔」よりも常に「今」の唯川恵を好ましく思うのは、彼女の小説が、常に前を向いている、と感じられるからに他ならない。

唯川さんの言葉で、印象に残っていることがある。数年前、単行本が文庫化されるタイミングでのインタビューだった。大幅な加筆訂正がなされていたので、その理由を訊《たず》ねると「私は、あまり文章に自信がないから」と唯川さんは言ったのだ。本当は単行本を出すときに、完璧に仕上げられれば良いのだけれど、時間が経つとどうしても気になる部分が出てきてしまう。単行本の読者には悪いな、と思いながら、それが捨て置けない。でもそうやってコツコツ努力を続けて、少しずつでも上手くなっていきたいと思い続けてきたのだと。もちろん、編集者が良しとして雑誌に掲載され、一度は本人も納得し単行本にもなった作品である。読み難いというほどのことでは決してない。でも、それでも。単行本が文庫化される数年の間にも、進み続ける唯川さん自身には、進んだからこそ見えてきたものがあるのだろう。本書でも、前述した時代の変化に伴う訂正のみならず、ユミの年齢(以前は十九歳だった)や読者に配慮した視点人物の明記から、実に些細《ささい》な語尾まで、手が入れられた箇所を数えあげればきりがないが、特に最後の一文には、個人的に深く息を吐かずにはいられなかった。先のインタビューの最後に、「三十年経っても上手くなる余地がある、ということが、自分でも楽しみ」と笑った唯川さんの強さをなんとも頼もしく感じたが、元本のラスト一行と本書のそれを比べれば、誰もが唯川恵という作家の「これから」が、より楽しみになるに違いない。

そして最後に。

本書で唯川さんの描く「逃亡劇」の魅力に開眼した方は、『雨心中』（講談社→講談社文庫）と『手のひらの砂漠』（集英社）も手にとってみて欲しい。本書の元本から年月を経て、より凄味を増した逃走と闘争の果てが描かれた物語である。一方、亡き娘と母を互いに重ねる響子とユミの姿にぐっと胸を突かれた人には、ふた組の母娘関係の深淵を覗かせる『啼かない鳥は空に溺れる』（幻冬舎）がおススメ。更に、作家・唯川恵のまったく異なる世界を覗いてみたい、という方には、二〇一四年末に刊行された初の時代小説『逢魔』（新潮社）を。「牡丹燈籠《ぼたんどうろう》」や「四谷怪談《よつやかいだん》」をベースにした官能的な短編集だが、これも唯川恵なのか！　という驚きを必ずや感じられると確約しよう。

商業作家となって三十二年。驚くことに、これまで唯川さんの新刊が出なかった年は一度もない。読者に、編集者に求められ、更なる自分を求め続けてきた唯川恵が、どんな世界を見せてくれるのか。何度でも、いつまでも「これから」を楽しみにしている。

〈単行本〉
一九九七年七月　光文社刊

本書は、二〇〇四年一月に光文社文庫より刊行された作品を加筆修正し、新装版としたものです。

光文社文庫

刹那《せつな》に似《に》てせつなく　新装版

著　者　唯《ゆい》　川《かわ》　恵《けい》

2016年5月20日　初版1刷発行
2021年10月25日　2刷発行

発行者　鈴　木　広　和
印　刷　萩　原　印　刷
製　本　ナショナル製本

発行所　株式会社　光　文　社
〒112-8011　東京都文京区音羽1-16-6
電話　(03)5395-8149　編　集　部
8116　書籍販売部
8125　業　務　部

落丁本・乱丁本は業務部にご連絡くだされば、お取替えいたします。
ISBN978-4-334-77290-1　Printed in Japan

組版　萩原印刷